世说新语

魏晋名士的松弛感

罗龙治 编著

图书在版编目（CIP）数据

世说新语：魏晋名士的松弛感 / 罗龙治编著. -- 南京：江苏凤凰文艺出版社，2024.6
　ISBN 978-7-5594-8637-0

Ⅰ.①世… Ⅱ.①罗… Ⅲ.①《世说新语》 Ⅳ.
①I242.1

中国国家版本馆CIP数据核字(2024)第091040号

著作权合同登记号：10-2024-109

版权所有 © 时报文化出版公司
本书版权经由时报文化出版公司授权北京时代华语国际传媒股份有限公司简体中文版，委托英商安德鲁纳伯格联合国际有限公司代理授权。非经书面同意，不得以任何形式任意重制、转载。

世说新语：魏晋名士的松弛感
罗龙治　编著

责任编辑	项雷达
图书策划	宁炳辉　蔺亚丁
特约编辑	蔺亚丁
装帧设计	时代华语设计组
出版发行	江苏凤凰文艺出版社
	南京市中央路165号，邮编：210009
网　址	http://www.jswenyi.com
印　刷	唐山富达印务有限公司
开　本	880毫米×1230毫米　1/32
印　张	8.25
字　数	190千字
版　次	2024年6月第1版
印　次	2024年6月第1次印刷
书　号	ISBN 978-7-5594-8637-0
定　价	58.00元

江苏凤凰文艺版图书凡印刷、装订错误，可向出版社调换，联系电话025-83280257

总序
用经典滋养灵魂

龚鹏程

每个民族都有它自己的经典。经，指其所载之内容足以作为后世的纲维；典，谓其可为典范。因此它常被视为一切知识、价值观、世界观的依据或来源。早期只典守在神巫和大僚手上，后来则成为该民族累世传习、讽诵不辍的基本典籍，或称核心典籍，甚至是"圣书"。

中国文化总体上的经典是六经：《诗》《书》《礼》《乐》《易》《春秋》。依此而发展出来的各个学门或学派，另有其专业上的经典，如墨家有其《墨经》。老子后学也将其书视为经，战国时便开始有人替它作传、作解。兵家则有其《武经七书》。算家亦有《周髀算经》等所谓《算经十书》。流衍所及，竟至喝酒有《酒经》，饮茶有《茶经》，下棋有《弈经》，相鹤相马相牛亦皆有经。此类支流稗末，固然不能与六经相比肩，但它们代表了在各自那一个领域中的核心知识地位，是很显然的。

我国历代教育和社会文化，就是以六经为基础来发展的。直到清末废科举、立学堂以后才产生剧变。但当时新设的学堂虽仿洋制，却仍保留了读经课程，以示根本未隳。辛亥革命后，蔡元培担任教育总长才开始废除读经。接着，他主持北京大学时出现的新文化运动更进一步发起对传统文化的攻击。趋势竟由废弃文言，提倡白话文学，一直走到深入的反传统中去。

台湾的教育发展和社会文化意识，其实也一直以延续五四精神自居，故其反传统气氛及其体现于教育结构中者，与大陆不过程度略异而已，仅是社会中还遗存着若干传统社会的礼俗及观念罢了。后来，台湾才惕然警醒，开始提倡"文化复兴运动"，在学校课程中增加了经典的内容。但不叫读经，乃是摘选"四书"为《中国文化基本教材》，以为补充。另成立"文化复兴委员会"，开始做经典的白话注释，向社会推广。

文化复兴运动之功过，诚乎难言，此处也不必细说，总之是虽调整了西化的方向及反传统的势能，但对社会民众的文化意识，还没能起到普遍警醒的作用；了解传统、阅读经典，也还没成为风气或行动。

20世纪70年代后期，高信疆、柯元馨夫妇接掌了当时台湾第一大报《中国时报》的副刊与出版社编务，针对这个现象，遂策划了《中国历代经典宝库》这一大套书。精选影响人们最为深远的典籍，包括了六经及诸子、文艺各领域的经典，遍邀名家为之疏解，并附录原文以供参照，一时社会震动，风气丕变。

其所以震动社会，原因一是典籍选得精切。不蔓不枝，能体现传统文化的基本匡廓。二是体例确实。经典篇幅广狭不一、深浅悬隔，如《资治通鉴》那么庞大，《尚书》那么深奥，它们跟小说戏曲是截然不同的。如何在一套书里，用类似的体例来处理，很可以看出编辑人的功力。三是作者群涵盖了几乎全台湾的学术精英，群策群力，全面动员。这也是过去所没有的。四是编审严格。大部丛书，作者庞杂，集稿统稿就十分重要，否则便会出现良莠不齐之现象。这套书虽广征名家撰作，但在审定正讹、统一文字风格方面，确乎花了极大气力。再加上撰稿人都把这套书当成是写给自己子弟看的传家宝,写得特别矜慎,成绩当然非其他的书所能比。五是当时高信疆夫妇利用报社传播之便,将出版与报纸媒体做了最好、最彻底的结合,使得这套书成了家喻户晓、众所翘盼的文化甘霖,人人都想一沾法雨。六是当时出版采用豪华的小牛皮烫金装帧,精美大方,辅以雕花木柜。虽所费不赀,却是经济刚刚腾飞时一个中产家庭最好的文化陈设,书香家庭的想象,由此开始落实。许多家庭乃因买进这套书,仿佛种下了诗礼传家的根。

高先生综理编务,辅佐实际的是周安托兄。两君都是诗人,且侠情肝胆照人。中华文化复起、国魂再振、民气方舒,则是他们的理想,因此编这套书,似乎就是一场织梦之旅,号称传承经典,实则意拟宏开未来。

我很幸运,也曾参与到这一场歌唱青春的行列中,去贡献微末。先是与林明峪共同参与黄庆萱老师改写《西游记》的工作,继而再协助安托统稿,推敲是非,斟酌文辞。对整套书说不上有什么助益,自己倒是收获良多。

书成之后,好评如潮,数十年来一再改版翻印,直到现在。经典常读常新,当时对经典的现代解读目前也仍未过时,依旧在散光发热,滋养民族新一代的灵魂。只不过光阴毕竟可畏,安托与信疆俱已逝去,来不及看到他们播下的种子继续发芽生长了。

当年参与这套书的人很多,我仅是其中一员小将。聊述战场,回思天宝,所见不过如此,其实说不清楚它的实况。但这个小侧写,或许有助于今日阅读这套书的读者理解该书的价值与出版经纬,是为序。

致读者书

罗龙治

亲爱的朋友：

《世说》由许多精彩的小故事组成。这些故事分开来看，处处闪耀着生活的智慧；合起来看，便是一幅人文社会的实相。

这本书原来的名称叫作《世说》，梁陈时代改称《世说新书》，唐人称为《世说新语》，宋人称为《晋宋奇谈》，现代都通称为《世说新语》。在这里，为通俗起见，我又把它称为《六朝异闻》。

本书的原作者刘义庆，是南朝刘宋的宗室。他生平最喜欢文学。在出任江州刺史的时候，他请袁淑、陆展、何长瑜、鲍照诸人，助他完成《世说》之作。

在《世说》的舞台上，约出场六百人。他们每个人都有各自的来历，换句话说：他们都是历史上真实的人物，生活在汉魏到晋宋时期（150—420）之间，活动在长江和黄河流域。

本书五六百条故事，可以说是汉魏晋宋时期，大传统（指上层社会）人文艺术的活动影片。刘义庆以文学家的态度，把历史的素材，加上他的想象、渲染，来完成他这本创造性的著作。在这里，我要特别强调《世说》的文学性质。因为刘义庆创作的态度，确是倾向于"文学的""小说的",而不是"历史的"。所以,隋书的经籍志把《世说》列入了"小说家"类。

从"小说"发展史上来说,汉魏晋宋的小说,是以"鬼神"为本位的"志怪"体。但刘义庆的小说,则是以"人"为本位,有意识地去反映社会现实,刻画人性,这一伟大的意义,便是唐人短篇小说(传奇)的先导。

在刘义庆所创造的《世说》世界中,最值得欣赏的,或说最有文学价值的,便是他展示了一幅人文社会的实相。在这里,你可以看到善,也可以看到恶;可以看到真,也可以看到假,这就叫作"实相"。如果刘义庆所创造的世界,只有善,没有恶;只有真,没有假,那么它便是一个虚构的"伪善""伪真"的世界。这种世界,只有教条,是绝不会有什么生活的智慧可以提供的。

这次我把《世说》改写成通俗的白话故事,主要的用意,就是要我们的读者朋友,在轻松愉快的心情下,来欣赏这些可爱的故事。只要你看懂了这些故事,自然就会明白它为什么是"经典"。如果你看不懂这些故事,便盲信它就是"经典",那么我们将一直停留在"圣化"的社会,而不能很快地进入"世俗化"的社会。一个现代化的社会,知识必须普及。"经典"的地位,必须由"神圣"变成"世俗"才行。

在每个人成长的过程之中,当他的智力发展到某一个阶段时,应当会自我提出一个问题:"道德是什么?"那么,各位读者朋友,你曾经想过这个问题吗?什么样的人,才算真正有道德?在你的生活之中,究竟是你在支配道德,还是道德在支配你呢?本书中有德行篇,有方正篇,但德行和方正篇中的主人公,都是真正有道德的人吗?桓温读了《高士传》,愤怒地把它掷在地上。为什么呢?是桓温错了呢，还是《高士传》里的人不近人情呢？

什么样的人，才算真正会说话？不说话的人，便是不会说话的人吗？当两个人在辩论，辩到后来，有一个人不说话了，那个不说话的人，一定是输了吗？清谈名家刘惔说话如行云流水，但是到头来，他为什么会特别欣赏那些不说话的人呢？庄子说："我一辈子说了那么多话，其实我没有说过一句话。"这话是什么意思？

有知识的人，一定就有做事的能力吗？有道德的人，一定就有行政的能力吗？文学家同时一定是道德家吗？政治家的道德和一般人的道德是相同的吗？传统儒家培养一个"君子"，德行、言语、政事、文学。但事实上，孔子门徒中，哪个人真正具有这四种本事呢？

儒家的理想主义，经过春秋战国到两汉的实验，在现实社会上，遭受很大的挫败，所以汉魏晋宋的知识分子，对儒家做了许多修正和扩充。这一时期，道家、佛家、法家的思想都起来和儒家分庭抗礼了。《世说》三十六篇的分类，便是说明儒学大解体后，人性落实在社会层面上所展现的复杂的实相。

本书卷首四篇：德行、言语、政事、文学，是儒家原有的分类。卷中、卷下共有三十二篇，是刘义庆所创作的新的分类。卷中包括：方正、雅量、识鉴、赏誉、品藻、规箴、捷悟、夙慧、豪爽九篇。卷下包括：容止、自新、企羡、伤逝、栖逸、贤媛、术解、巧艺、宠礼、任诞、简傲、排调、轻诋、假谲、黜免、俭啬、汰侈、忿狷、谗险、尤悔、纰漏、惑溺、仇隙二十三篇。用这三十二种实相来观察、透视社会人性的复杂，是不是一个非常伟大的文学结构？作者对于这个社会，如果不是具有无量的同情、无量的慈悲，哪会留下这样伟大的文学杰作？因此，这本书和同一时期，北朝杨衒之所写的《洛阳伽蓝记》，应该并列为"南北双璧"。

《世说》的原文非常优美而精简，所以，刘义庆原著《世说》（八卷本）传世以后，梁朝的刘峻（孝标）第一个为他作注，以减少阅读上的困难。到了近代，为《世说》作笺证的学者更多了，像余嘉锡有《世说新语笺疏》，程炎震有《世说新语笺证》，刘盼遂和沈剑知有《世说新语校笺》，赵冈有《世说新语刘注考》，张舜徽有《世说新语注释例》。此外，贺昌群、周一良有《世说新语札记》，陈直有《读〈世说新语〉札记》。最近香港中文大学新亚书院的杨勇教授，总结前人的笺证札记，搜集了二百四十种以上的数据来完成《世说新语校笺》。这次我改写《世说》成为通俗的白话故事，就是以杨教授的校笺做底本的。于此，特别向他致谢。

我这改写本的《世说》，书中三十六篇的篇名，悉按原书排列，没有什么更动。各篇下的子题，是改写后加上去的，原书没有这些标题。每条故事，都从原书中采选，总数约占原书百分之九十以上。至于故事的内容，则为了通俗化、趣味化起见，我把笺证中的材料，大量采入。所以这本《世说》的改写工作，不是白话直译的，不可以直接用原文来对照。这是必须向读者说明的。

本书的改写，每条故事的含义视需要的情况，利用各标题做提示。有些标题使用文言，那是为了保留成语的缘故。

我在七八月间，伏身花莲海边的和南禅院，倾全力做本书的改写工作。有一天，我听到一个故事。中峰圭密禅师，十九岁便做了寺院的住持，后来有个国师故意为难他说："你才十九岁，怎么有资格做住持呢？"圭密应声答道："你说这话，就没有资格当国师。我是用我的智慧做住持，不是用我的年龄做住持。"这个故事很好。我们每个人都应该用智慧做住持。

那么，就请你好好看这本《世说》的故事吧。到时候，你一定会发现《世说》写的是生活的智慧，社会的实相。

本书改写的时间，十分仓促。错误之处，敬请批评指正是幸。

目录

德行篇第一

陈蕃礼重名士 /001

黄宪澄之不清，扰之不浊 /001

周乘有自知之明 /002

难兄难弟 /002

荀巨伯舍命全交 /002

管宁割席绝交 /003

华歆救人的机智 /003

阮籍不臧否人物 /004

嵇康喜怒不形于色 /004

和峤生孝、王戎死孝 /004

邓攸纳错妾 /005

阮裕焚车 /005

醇酒岂可罚老翁 /006

皮里阳秋 /006

刘惔临死不谀神 /007

谢安教子 /007

王恭身无长物 /007

孔安国送葬 /008

王导拒钱百亿 /008

言语篇第二

边让颠倒衣裳 /009

月中有物 /009

小时了了 /009

偷还拜什么？ /010

高明之君刑忠臣孝子 /010

孔融推荐祢衡 /011

· 01

目录

庞统伐雷鼓 /012
魏武网目太细 /012
邓艾口吃 /013
李喜坦率可喜 /013
向秀入洛 /013
满奋吴牛喘月 /014
陆机出口成对 /014
君子得疟疾 /015
新亭对泣 /015
江左夷吾 /015
高座不学汉语 /016
菩萨度累了 /016
澄公把石虎当海鸥鸟 /016
朱门蓬户 /017
忘情和不能忘情 /017
康法畅的拂尘 /018
木犹如此，人何以堪 /018
蒲柳之姿 /019

未若柳絮因风起 /019
齐由齐庄 /019
支公养马 /020
支公好鹤 /020
欲者不多，给者忘少 /020
渡河焚舟 /021
山阴道上 /021
芝兰生阶庭 /021
讨厌影子的人 /022

政事篇第三

文王之囿 /023
陈太丘办案 /023
送犯夜人回家 /024
王导善于接见宾客 /024
王导行政宽简 /025
陶侃勤俭通变 /025
何充处理文书 /025

目录

文学篇第四

郑玄青出于蓝 /026
服虔善《春秋左传》/026
钟会论操行和才能 /027
王弼少年奇才 /027
王弼注《老子》/027
裴徽善解人意 /028
庾敳悟性高明 /028
向郭二家注《庄子》/028
阮瞻简易通达 /029
王导的三个命题 /029
殷浩读佛经 /030
阮裕精"白马论" /030
挥麈剧谈 /030
支公擅名《庄子·逍遥》篇 /031
殷浩偏精才性论 /031
支公造《即色论》/031
支公讲《维摩诘经》/032
许询怒挫王修 /032
殷浩读《辨空经》/033
于法开为难林法师 /033
刘惔妙答 /034
康僧渊名噪江南 /034
殷浩疑多患少 /034
殷浩挑战林法师 /035
张凭语惊四座 /035
《诗经》何句最佳？ /036
刘惔擒服孙盛 /036
圣人有情否？ /037
惠施妙处不传 /037
殷仲堪精研玄学论题 /038
《易经》以感应为本体 /038
北人学问广博，南人简要 /039
未得牙后惠 /039
深公夷然不屑 /039
裴頠擅"崇有论" /040

目录

王羲之披襟解带 /040
羊孚论《齐物》篇 /041
殷仲堪读《道德经》 /041
提婆讲《阿毗昙经》 /041
桓玄才思空竭 /042
煮豆燃豆萁 /042
阮籍神笔 /042
左思《三都赋》 /043
刘伶著《酒德颂》 /043
乐广、潘岳相得益彰 /044
夏侯湛续周诗 /044
孙楚悼亡诗 /044
殷融长于笔才 /044
庾敳作《意赋》 /045
郭璞《幽思》篇 /045
庾阐作《扬都赋》 /045
谢安讥评模拟作赋 /046
习凿齿作《汉晋春秋》 /046

五经鼓吹 /047
张凭作《母诔》 /047
陆机才多为患 /047
孙绰《游天台山赋》掷地金声 /048
谢安的碎银子 /048
袁宏擅咏史诗 /048
潘岳浅净，陆机深芜 /049
裴启作《语林》 /049
谢万作《八贤论》 /049
袁宏《北征赋》 /050
袁宏《名士传》 /050
袁宏倚马可待 /050
顾恺之作《筝赋》 /051
殷仲文读书不广 /051
羊孚作《雪赞》 /051
古诗何句最佳？ /052
桓玄登楼作诔 /052
桓玄酬答贺版 /052

目录

方正篇第五

陈元方责客人无礼 /053

宗承不交曹操 /053

郭淮夫妻情重 /054

辛毗杖金斧执法 /054

夏侯玄生死不渝 /055

夏侯玄同而不杂 /055

陈泰正直不屈 /056

和峤实话实说 /056

诸葛靓孝谊为先 /056

王武子持正不阿 /057

杜预独榻而坐 /057

和峤刚直坐专车 /058

山允拒见武帝 /058

向雄义不复交 /059

嵇绍拒做伶人 /059

陆机应对不亢不卑 /060

庾敳我行我素 /061

阮修无鬼论 /061

王导不肯曲学阿世 /061

陆玩不婚王谢 /062

诸葛家法严整 /062

周颛兄弟情重 /063

周嵩刚烈批刁协 /063

何充摘奸发伏 /064

顾显谈言微中 /064

周颛厉折人主失言 /064

周颛痛恶暴力 /065

温峤威武不能屈 /065

周颛义不偷生 /066

钟雅不避死难 /066

钟庚一死一生 /067

孔群邪正分明 /068

孔坦春秋责备贤者 /068

梅颐报恩有价 /069

蔡谟不好女伎 /069

目录

何充外柔内刚 /069
江彪棋品第一 /070
孔坦临终有话言 /070
刘惔怒叱桓使君 /071
深公晚年独白 /071
王坦之不做尚书郎 /072
王述厌恶俗套 /072
庾羲婉谢诔文 /072
简文帝难得糊涂 /073
刘简刚直 /073
刘惔不近小人 /074
桓温不够豪迈 /074
桓温直言无忌 /074
罗君章清简自足 /075
韩伯忧时不忧病 /075
王述不娶兵家女 /075
王洽责人呼卢喝雉 /076
谢安不推主人 /077

王洽羞题太极殿 /077
王恭量力而退 /077
忠孝不可假借 /078
何谓小子 /078

雅量篇第六

顾雍豁情散哀 /079
嵇康不传《广陵散》 /080
王戎不摘路边李 /081
王戎不惧虎吼 /081
裴遐不计较私斗 /081
庾敳酒醉吐真言 /082
王衍的白眼珠 /082
王导胸怀洒落 /083
阮孚好木屐 /083
王丞相有床难眠 /084
王羲之东床袒腹 /084
羊曼真率 /085

周颛聊以解嘲 /085
顾和搏虱子 /086
庾亮左右开弓 /086
庾翼马失前蹄 /086
谢安泛海吟啸 /087
谢安作《洛生咏》/087
谢万不介意 /088
释道安盛名之累 /088
谢奉是奇人 /089
戴逵谈论琴书 /089
谢安围棋如故 /089
搔不到痒处 /090
刘琨以胡笳退敌 /090

识鉴篇第七
桥玄品鉴曹操 /091
裴潜论刘备 /091
傅嘏有知人之明 /091

王衍推重山涛 /092
何物老妪生宁馨儿 /092
石勒读《汉书》/092
卫玠先天不足 /093
张翰见机而退 /093
此人必为黑头公 /093
王玄志大其量 /094
周嵩刚烈有远见 /094
王含自投死路 /094
褚裒鉴赏孟嘉 /095
殷浩栖迟墓地 /095
桓温逢赌必胜 /096
谢安东山再起 /096
郗超先公后私 /096
韩伯积怨 /097

赏誉篇第八
邴原云中白鹤 /098

目录

裴楷清通，王戎简要 /098
裴楷论四大名士 /098
王戎论山涛 /099
阮咸万物不能移 /099
王衍风尘外人 /099
裴𬱟清谈林薮 /099
山涛不读老庄 /099
裴楷笼盖人上 /100
乐广要言不烦 /100
庾琮服寒食散 /100
王玄使人忘寒暑 /100
卫君谈道，平子三倒 /101
王导夜话忘倦 /101
来，来，这是你的座位 /101
王述糊涂虫 /101
刘绥灼然不群 /102
徐宁海岱清士 /102
贾宁为诸侯上客 /102

丰年玉和荒年谷 /102
王述掇皮皆真 /103
王敦可人儿 /103
殷浩非以长胜人 /103
刘惔胸中金玉满堂 /103
可人儿和五里雾 /103
王羲之论四名士 /104
王述真率遮短 /104
江惇思怀旷达 /104
谢鲲折齿 /104
谢安梳发清谈 /105
门中久不见如此人 /105
赏异不赏同 /105
自知最难 /106
王何衣钵传人 /106
刘惔、简文帝是《琴赋》中人 /106
王洽供养法汰 /107
王坦之不使人想念 /107

目录

何充酒中智者 /107
王濛可圈可点 /107
江灌不言而胜人 /108
刘惔醉后不胡言 /108
王胡之神悟 /108
王凝之好酒 /108
王忱自是三月柳 /109

品藻篇第九
蔡邕定陈蕃、李膺高下 /110
驽马和驽牛 /110
庞统与顾劭的优劣 /111
诸葛三名士 /111
王敦挥扇不停 /111
谢鲲一丘一壑 /112
谢尚妖冶 /112
郗鉴有三个矛盾 /113
第二流中的高手 /113

布衣宰相可恨 /113
阮裕兼四大名士之美 /113
我与我周旋 /114
我们都是第一流 /114
殷浩捡竹马 /114
宁为管仲 /114
刘惔理胜，王濛辞胜 /115
桓温不喜人学舌 /115
死活人和活死人 /115
嵇公要勤着脚 /115
谢安人情难却 /116
吉人之辞寡 /116
外人哪得知 /116
相如潇洒 /117
韩伯门庭萧寂 /117
王桢之胸有成竹 /118
樝梨橘柚，各有其美 /118
伊窟窟成就 /118

· 09 ·

目录

竹林无优劣 /119

规箴篇第十

东方朔妙计 /120

京房以古喻今 /120

陈元方大丧蒙锦被 /121

陆凯面折孙皓 /121

管辂卜卦知机 /121

卫瓘装醉吐真言 /122

王衍秀才遇兵 /122

拿开阿堵物 /122

王澄跳窗逃走 /123

元帝断酒 /123

张闿私做都门 /123

庾翼想做汉高祖 /124

桓温察察为政 /124

莫倾人栋梁 /125

交情不终 /125

逃亡不忘玉镫 /125

兄弟英才 /126

看人只见半面 /126

慧远庐山讲经 /126

红绵绳缠腰 /127

王绪、王国宝一狼一狈 /127

捷悟篇第十一

门上题"活"字 /128

一人一口酪 /128

曹娥碑绝妙好辞 /128

王导机悟 /129

郗嘉宾料事机先 /129

夙慧篇第十二

食糜亦可 /130

王宫不是何家 /130

长安远不远 /131

既着短衣，不需夹裤 /131
躁胜寒，静胜暑 /131

豪爽篇第十三
王敦鼓技卷人神魄 /132
放婢妾如放鸽子 /132
王敦酒后敲唾壶 /133
祖约厉折阿黑 /133
庾翼意气十倍 /133
桓温怒掷《高士传》 /133
桓镇恶吓走疟疾鬼 /134
王胡之高唱《九歌》 /134

容止篇第十四
捉刀人乃真英雄也 /135
何晏面如傅粉 /135
嵇康萧萧肃肃 /135
王戎视日不眩 /136

绝美绝丑 /136
王衍手指晶莹如玉 /136
裴楷粗服乱发皆好 /136
刘伶土木形骸 /136
卫玠先天不足 /137
庾冰腰围壮阔 /137
看杀卫玠 /137
庾亮丰采如玉 /137
王恬才貌不相称 /138
杜乂神仙中人 /138
桓公须如猬毛 /138
支道林形貌丑异 /139
天际真人 /139
不复似世中人 /139

自新篇第十五
周处除三横 /140
戴渊投剑折节 /140

· 11

目录

企羡篇第十六
王导超拔 /142
《兰亭集序》/142

伤逝篇第十七
吊客作驴鸣 /143
竹林已成梦 /143
诸君不死 /144
情之所钟 /144
卫玠改葬江宁 /144
故物长在 /144
知己只有一个 /145
林法师墓木已拱 /145
人琴俱亡 /146

栖逸篇第十八
登苏门山长啸 /147
孙登保身之道 /147

孔愉自箴自诲 /148
刘驎之读史传自娱 /148
范宣生不入公门 /148
戴逵不做王侯伶人 /148

贤媛篇第十九
昭君顾影徘徊 /149
班婕妤不佞鬼神 /149
不做好、不为恶 /150
君只好色而已 /150
许允妇保子有方 /151
山涛妻夜窥嵇阮 /151
王浑之妻相人有术 /152
娃儿取水可观 /152
李重有女叫"绝" /152
周浚行猎遇奇女 /153
陶侃之母卖假发 /154
我见犹怜,何况老奴 /154

谢安有妇难缠 /155

桓冲只好领家教 /155

韩母不厌旧物 /156

术解篇第二十

阮咸神解 /157

荀勖吃车轴饭 /157

羊公折臂 /158

郭璞占葬龙耳 /158

郭璞破震灾 /158

别酒新术 /159

巧艺篇第二十一

陵云台斜而不倒 /160

书贼画魔 /160

顾恺之妙画通灵 /161

顾恺之画三根毛 /161

坐隐和手谈 /161

顾恺之飞白画眇目 /162

谢鲲在岩穴中 /162

顾恺之不点目睛 /162

顾恺之画目送归鸿 /163

宠礼篇第二十二

领干薪的京兆尹 /164

任诞篇第二十三

竹林七贤 /165

阮籍居丧 /165

刘伶戒酒大醉 /165

刘昶饮酒无品 /166

刘伶脱衣醉酒 /166

阮咸大晒犊鼻裤 /166

方内和方外 /167

人种不可失 /167

浮名不值一杯酒 /167

· 13

目录

毕卓饮酒三昧 /168
长江哪能不拐弯 /168
郡卒有余智 /168
洪乔投书沉江 /169
酒徒独白 /169
张袁活死人 /169
竹癖 /169
雪夜独行舟 /170
桓伊吹笛无主客 /170

简傲篇第二十四
自啸自饮 /171
此君不可共饮 /171
嵇康打铁 /171
嵇康说你是凤 /172
王澄弄小鸟 /172
王谢子弟 /172
西山有爽气 /173

阿万只顾唱歌 /173
哪里来的北佬 /174

排调篇第二十五
谁是俗物 /175
漱石枕流 /175
有功劳就糟了 /175
驴就是驴 /176
鬼董狐 /176
康僧渊山高水深 /176
老贼要干什么 /176
买山隐居 /176
客人太差 /177
张玄之缺齿不饶人 /177
我晒腹中书 /177
下山就成小草 /177
用蛮语作诗 /178
晋楚交兵 /178

七尺之躯葬送在此 /178

簸扬淘汰 /179

羊公鹤怯场不舞 /179

怎敢不拜服 /179

跛脚诸葛 /180

披挂入荆棘 /180

布帆无恙 /180

会吃甘蔗的人 /181

盲人骑瞎马 /181

缩头参军 /181

下士闻道则大笑 /182

轻诋篇第二十六

名士是何物 /183

元规尘污人 /183

长柄挥麈赶牛车 /183

猪脑袋 /184

千斤牛不如百里马 /184

何物尘垢囊 /185

裴启作《语林》 /185

沙门不得为高士 /185

韩伯肉鸭子 /186

王家子弟哑哑叫 /186

蠢物 /186

假谲篇第二十七

曹操劫新娘子 /187

望梅林止渴 /187

防逆有术 /187

梦中杀人 /188

黄须鲜卑奴 /188

羲之吐唾纵横 /189

支愍度说法救饥 /189

孙绰嫁出怪女儿 /189

谢安使诈教子 /190

目录

黜免篇第二十八
狂人何所徙 /191
桓温怒贬捉猿人 /191
咄咄怪事 /191
看人吃蒸薤 /192
桓温逼人太甚 /192
殷仲文自取灭亡 /192
上不着天，下不着地 /193

俭啬篇第二十九
和峤计核算钱 /194
王戎夜夜算钱 /194
王戎钻李核 /194
王戎向女儿收回嫁妆 /195
只送"王不留行" /195
庾亮吃薤留根 /195
郗公家法 /195

汰侈篇第三十
行酒斩美人 /197
厕中侍婢罗列 /197
人乳养的猪 /198
王恺、石崇斗富 /198
王恺、石崇竞牛走 /198
王恺痛失神牛 /199
王敦讽刺石崇 /199
射箭筑金沟 /200

忿狷篇第三十一
魏武杀妓 /201
王述踩鸡蛋 /201
鬼手莫碰人 /201

谗险篇第三十二
王澄劲侠难容人 /202
袁悦喜读《战国策》 /202
王国宝居心叵测 /202

目录

尤悔篇第三十三
伯仁因我而死 /203
知其末而不知其本 /204
惭愧而死 /204

纰漏篇第三十四
王敦做了土包子 /205
蔡谟误吃彭蜞 /205
床下蚁动,谓是牛斗 /205
侍中献鱼虾 /206

惑溺篇第三十五
荀粲殉情 /207
韩寿偷香 /207
雷尚书 /208

仇隙篇第三十六
一语成谶 /209
豪杰难防小人 /209

附录 原典精选
德行第一 /211
言语第二 /212
政事第三 /214
文学第四 /214
方正第五 /217
雅量第六 /219
识鉴第七 /221
赏誉第八 /221
品藻第九 /222
规箴第十 /223
捷悟第十一 /224
夙慧第十二 /224
豪爽第十三 /225
容止第十四 /225
自新第十五 /226
企羡第十六 /227
伤逝第十七 /227
栖逸第十八 /228

· 17

目录

贤媛第十九 /228

术解第二十 /229

巧艺第二十一 /230

任诞第二十三 /231

简傲第二十四 /232

排调第二十五 /232

轻诋第二十六 /233

假谲第二十七 /233

汰侈三十 /234

德行篇第一

陈蕃礼重名士

东汉大学者陈蕃,一言一行都可作为士林典范。他每次登车,手把缰绳的姿态,都有澄清天下的气概。

有一次,他出任豫章太守,车驾刚到豫章,他立刻就说:"我要先去看看徐稺。"随从的秘书说:"大家的意思是想请太守先看看官署,安顿一下再说。"陈蕃道:"那怎么行!古人礼贤都席不暇暖,徐稺是豫章名士,我要先去看他,有何不可。"

徐稺的故事,见《后汉书》。徐稺是豫章人,超世绝俗。往年陈蕃为了礼遇他,特别在豫章设置了一副别榻。每当二人见面以后,陈蕃就叫人把那别榻悬挂起来,不准他人使用。

黄宪澄之不清,扰之不浊

郭泰到汝南去拜访名士袁阆,刚下车不久,便又回来上车走了。后来他又去造访黄宪,却一去就住两三天,简直是流连忘返。

有人问郭泰:"那黄宪是个牛医的儿子,你怎么这样喜欢他呢?"郭泰答道:"你们只知道黄宪是兽医的儿子,却不知道那人器量广大，澄之不清，扰之不浊。你说一个人有这样的雅量，我能不喜欢他吗？"

周乘有自知之明

周乘很喜欢黄宪。他经常对人说："我只要十几天或一个月没有看到黄宪，便会觉得自己龌龊不堪。那鄙吝的老毛病又会发作了。"

难兄难弟

陈纪字元方，是太丘县长陈实的长子。陈谌字季方，是陈实的少子。他们一家都是芝兰玉树，名望极高。

有一天，陈元方的儿子陈群和陈季方的儿子陈忠，互相争论父亲的功德。两人相持不下，便只好请祖父陈太丘来裁断。

陈太丘听了他们的争论以后，微微笑道："元方难为兄，季方难为弟。"意思是说：兄弟都是英才，所以做哥哥不容易，做弟弟也不容易。

荀巨伯舍命全交

荀巨伯是东汉桓帝时人，生平没有什么建树。

有一次，他到城中去探望朋友的病，刚好碰上胡贼来攻城，城里的人都吓得逃光了。那友人便对荀巨伯说："我本来就死定了，你还是赶快走吧。"荀巨伯说："我是担心你的身体才来看你的。现在你有了意外的急难，我如果逃走的话，那当初何必又千里迢迢地赶来看你呢？"

胡贼入城以后，发现城里只有他们两个人，十分惊讶，便问："满城的人都跑光了，你们两个怎么这样大胆，敢停留在这里？"荀巨伯说："并不是我们特别大胆，而是我的朋友病得很重，我不忍心离开。"胡贼听了，只好摇摇头走了。

管宁割席绝交

管宁和华歆二人，小时候原是好朋友。

有一次，他们在园中种菜，忽然从泥中挖出了一块金子。这时管宁依旧挥动锄头，把金子视同瓦块一样铲开了。华歆看到了这块金子，却把它拾起来，远远地掷了出去。

后来又有一次，两人同坐在一块席子上读书，门外有一辆豪华的车子经过，管宁照旧读他的书，华歆却忍不住跑到门外去观看。

经过这两次以后，管宁发现华歆不是他的朋友。于是管宁毅然把坐席割成了两半，对华歆说："我们还是分开来坐吧！"

华歆救人的机智

华歆和王朗一起坐船逃难。

在半路上，有个陌生人苦苦哀求要上船一起避难。这时华歆已发觉不妥，便再三推托，不让那人上船。王朗在旁边很看不过去，便说："船上也还有空，就让他上来吧！"

陌生人上船以后，船继续前行。忽然有一批水贼追来了，王朗一看，才发觉刚才自己的大意。于是他就想把陌生人撵下船去。

华歆见时机急迫，便悄悄对王朗说："刚才我不让那人上船，本来就怀疑他。现在你既已让他上船，好歹也只能救他救到底。否则临危相弃，不但后果不堪设想，在道义上恐怕也说不过去。"

于是便让陌生人继续坐在船上，彼此相安无事。

阮籍不臧否人物

晋文王常对人说："阮籍的为人，至为谨慎。每次说话，都让人难以测度。而且，他从来不曾议论过人家的长短。"

嵇康喜怒不形于色

嵇康本是会稽奚人，后来改姓嵇氏。

嵇康娶魏武帝（曹操）的孙女，入晋以后，尤为谨慎。常和光同尘，不与人争好恶。王戎和他交情很深。有一次王戎对人说："我和嵇康住了二十年，不曾看过他脸上表露喜怒之色。"

和峤生孝、王戎死孝

王戎、和峤（qiáo）同时遭遇大丧，二人都以孝著称。结果王戎哀恸逾常，只剩鸡骨支床。和峤则哀哀哭泣，备尽礼数。

晋武帝问刘毅："你最近常去探望王、和两家的丧事吗？听说和峤哀苦过礼，真叫人担心！"刘毅答道："和峤办理丧事，虽然克尽礼数，但每天量米而食，元气不损；王戎不守礼制，有时喝酒，有时看人下棋，但是形销骨立，要扶杖才能走路。因此，依我看来，和峤只是尽了活人应尽的礼数，王戎才是尽了为死人应尽的情谊。陛下如果要担心的话，应该担心王戎，而不是担心和峤。"

邓攸纳错妾

永嘉之乱时，邓攸用牛马载负妻子一起逃难。在半路上，碰到一批强人，不但洗劫财物牛马，而且乱砍乱杀，情况十分危急。邓攸便对妻子说："我弟弟不幸早死，只留下一个儿子交给我们抚养。现在牛马都丢了，如果徒步挑着两个孩子逃亡，恐怕大家都活不成。不如把我们自己的孩儿抛了，将来我们还会有儿子的。"妻子同意了，于是邓攸便抛弃了亲生的儿子逃亡。

到了江南以后，家计初立，生活逐渐安定。但是邓攸夫妇始终没有再生一个儿子，二人常相对唏嘘不已。

于是，邓攸只好设法纳了一个妾。这个妾聪慧可爱。邓攸在空闲的时候，便逗着问她父母是谁，为什么只身流落江南，但她一直摇头不说。这样不觉又过了很多年。有一天，她终于吞吞吐吐地说出了父母的名字。邓攸一听，像是晴天霹雳，原来这个爱妾竟是自己的外甥女。

邓攸为人，一向注重德业。自从知道爱妾的身世以后，悔恨终身，发誓永不蓄妾。

阮裕焚车

阮裕拥有一辆好车子。平日只要有人来借车，他没有不答应的。有一次，有个人要葬母亲，很想借阮裕的车子，但是一直不敢开口。

事后，阮裕听到这个消息，心中难过了老半天，便把车子烧了。

醇酒岂可罚老翁

谢奕和谢安是两兄弟。

谢奕做剡县令的时候，有个老翁犯法。谢奕叫人用醇酒罚他，一杯又一杯，那老翁已经大醉，谢奕还是不下令停手。

谢安那时只有七八岁，穿着青布袴坐在谢奕膝边。他看那老翁已经大醉，便对谢奕道："阿兄，这老翁可怜，怎么可以这样做？"谢奕听了，脸色才渐渐和缓，便说："阿奴，想放了他吗？"于是把老翁放了。

"阿奴"是六朝人亲昵的称呼，所以当时有些人的小名便唤阿奴。

皮里阳秋

褚裒的性子是不喜欢多说话。谢安极欣赏他，常对人说："褚裒尽管不说话，脸上自然具备四时之气。"

桓彝也很喜欢褚裒，他说："褚裒自有皮里阳秋。"阳秋就是春秋。桓的意思是说："褚裒嘴上不批评人家，内心自有褒贬。"

刘惔临死不谀神

刘惔做丹阳尹,临死前只剩一口气了,忽然听见楼下有人敲鼓祭神,便把脸色一改,说道:"不要胡乱谄媚。"一会儿,又有人来请求杀他的牛来祭神,看看能否挽回。刘惔答道:"我自问无愧,不必麻烦。"

谢安教子

谢安的夫人常亲自教育子女。有一次,她问谢安:"怎么从来没看见你教育孩儿!"谢安笑说:"我常常在教育孩儿呀!"

王恭身无长物

王恭从会稽回来,王忱去看他,只见王恭坐在六尺长的竹席上。王忱说:"你从浙东来,应该有很多这种竹席子,就送我一领吧!"王恭没有说话。

王忱走后,王恭就把自己的那块席子送给王忱。后来,王忱听说王恭只有一领竹席,大为惊讶,便说:"我以为你有好几领,才向你要的。"王恭答道:"那你太不了解我了,我身边一向就没有值钱的东西。"

"一领"是俗语,就是"一件"的意思。

孔安国送葬

孔安国做过孝武帝的侍中,掌管唾壶,很是亲信。后来,孝武帝死了,孔安国送葬。

那时候,孔安国已官拜太常,掌管宗庙祭祀。安国身子一向瘦弱,送葬的那天,他披上沉重的礼服,整天累得涕泪交流。旁人不明就里,都叹息说:"太常是真孝子。"

王导拒钱百亿

王导的儿子王悦,侍亲至孝。有一天,王导梦见有人愿意出钱一百亿买王悦。王导大怒,但暗中仍替王悦祈祷。

不久,王导造一新屋,忽然在地下洞穴中挖到许多钱,拿来数一数,正是一百亿。王导心知有异,便通通封藏回去,一文也不敢用。

过了几天,王悦就死了。

言语篇第二

边让颠倒衣裳

边让是陈留人，谈吐非常俊逸。有一次，袁阆来做陈留太守，边让见了太守竟一时慌乱失序。袁阆就故意调侃说："从前尧聘许由的时候，许由从容不迫。现在先生见了我，为什么颠倒衣裳呢？"边让答道："太守刚到此地，贱民未沾教化，只得颠倒衣裳了！"

月中有物

徐穉九岁的时候，有一次在月下做游戏。客人对他说："假如月亮里面没有什么东西，不是更明亮吗？"徐穉却答道："那不一定呀！你想人的眼中如果没有瞳仁的话，会更亮吗？"

小时了了

孔融十岁那年，有一次追随父亲到洛阳。

洛阳是东汉的都城，那时由李膺做司隶校尉，相当于首都防卫司令。李膺望重一时，出入他家的不是当世才俊，便是中表亲戚。

孔融来到李家门口，对守门人说："请进去通报，我是李府君的亲人。"门人通报后，把他引入了厅堂。

李膺见了孔融，笑着问道："小朋友，你是我的什么亲人？"

孔融说："咦，从前我的先人孔老夫子和你的先人李老君有师友之亲，这样说来，我们不正是世代通家之好吗？"宾客听了大笑。

这时候，陈炜从外面刚刚进来，有人就把孔融的话告诉了他。陈炜听了，眼珠子一翻，说："那有什么稀奇？小时候聪明伶俐，长大了未必就怎样。"孔融立刻回答道："照你这样说，想来你小时候一定是聪明伶俐吧！"陈炜大为尴尬。

偷还拜什么？

孔融有两个儿子，大的六岁，小的五岁。

有一天白天，孔融在小睡，小儿子趁机跑到床前偷酒喝。大的看了就说："怎么不向爸爸拜一拜再喝？"小的说："既然是偷，那还拜他干吗！"

高明之君刑忠臣孝子

陈实曾避居阳城山中，当地有强徒杀人，县吏以为是陈实所做，便把他收捕交给了颍川太守。

有个客人问陈实的儿子元方："颍川太守的为人怎样？"元方说："是个高明之君。"客人又问："尊翁为人怎样？"元方说："家父是忠臣孝子。"客人说："哪有高明之君收捕忠臣孝子的？"元方说："你的话太欠考虑，我不想回答。"客人说："驼背的人常被认为是恭敬，你究竟是答不上来，还是真的不想回答？"元方怒道："高宗放逐孝子孝己，尹吉甫放逐孝子伯奇，董仲舒放逐孝子符起。这三人都是高明之君，被放逐的三人，都是忠臣孝子。"

客人大为惭愧，仓皇而退。

"孝己"是孝子的名字。

孔融推荐祢衡

孔融和祢衡才情相得，因此，尽管相差二十几岁，二人仍然结为好友。

孔融年纪较大，先做官。他在曹操面前，常称赞祢衡。曹操的为人，一向爱才，便再三催促要见祢衡一面。

可是，祢衡是个闲云野鹤，不想做官。他对于曹操的翻云覆雨，尤为讨厌，便有事没事就讽刺曹操两句，这使得曹操很失面子而决心要侮辱祢衡。

曹操终于设法把祢衡请了出来，然后故意用他为鼓吏，命令他在正月十五那天大会宾客试鼓。

试鼓的那天，宾客云集。祢衡则精神抖擞，高举鼓槌，前趋后躐，表演了一通《渔阳参挝》，鼓声雄壮，音节精妙，使座客无不称奇。

于是，曹操更觉得没有面子了。他本来想侮辱祢衡，却反被祢衡所辱。孔融在座，看到气氛不对，便立刻站起来说："祢衡是戴罪之身，今天的试鼓，只是请大王赦罪，他已没有资格辅佐明王！"曹操无奈，只好赦免了祢衡。

"明王"的典故，见《庄子》。

庞统伐雷鼓

司马徽是东汉一代名士。庞统十多岁的时候,听了他的大名,便驾车走了两千里的路,到颍川等候他。

庞统见了司马徽,看他正在采桑,便从车中探出头来说:"大丈夫处世,应当金带紫衣,怎么在做妇人采桑之事?"司马徽笑道:"请你下车吧!刚才你只知道抄小路走得快,难道不怕迷路吗?你说做人要金带紫衣,那么原宪、许由、巢父、伯夷、叔齐,都是一文不值吗?"庞统赶快赔礼,大笑道:"不叩洪钟,不伐雷鼓,哪会知道声音的大小?"

"雷鼓"的故事,见《山海经》。雷泽中有雷神,是一只龙身人头的怪兽。这只怪兽平常没事的时候,便拍打着肚皮来玩耍。每拍一次,便像打一次雷。有一次,黄帝路过雷泽,便把这怪兽抓了回去,用它的皮做成兽鼓,用它的骨头做成鼓槌。黄帝大战蚩尤的时候,便使用这个雷鼓,把敌人杀得落花流水。

魏武网目太细

刘桢文才高妙,曾被曹操选做太子曹丕的文学侍从。有一次,曹丕大宴群臣,酒后甚欢,便叫夫人甄氏出来答谢。甄氏芙蓉之姿,当世无双,座客都不敢仰视。只有刘桢一向疏放惯了,竟在座上平视不拜。因此,刘桢后来被处以"失敬"之罪,罚他磨石头。

曹丕即位后，有一天和刘桢闲话往事，便道："当年你怎么这样大意呢？"刘桢大笑道："我自是不小心，但从前的陛下，法网执行得也未免太细了些吧！"

邓艾口吃

邓艾有口吃的毛病，每次叫自己的名字，老是"艾艾……"不停。

晋文王知道邓艾的毛病，有一次取笑他说："你每次'艾艾……'不停，到底是几个'艾'？"邓艾笑着说："古人说'凤兮凤兮'，其实只是一个'凤'而已。"

李喜坦率可喜

李喜是山西上党人。少有高行，精研艺学，司马宣王请他出来做官，李喜始终不肯。

后来司马景王东征上党，把李喜带了回来。景王问："从前先公请你做官，你不肯，现在为什么愿意了呢？"李喜大笑说："宣王请我做官，是以礼款待，那我自然也以礼来进退。可是，现在你用国法套在我的脖子上，我敢不来吗？"

向秀入洛

向秀本来和山涛是好朋友，后来和嵇康在洛阳打铁，又和吕安到山阳种花，是一个很通达的人。

但自嵇康以高蹈避世而被杀以后，他便一改往日作风，突然到京师应举。晋文王大感意外,便问:"世人都说你有箕山之志,想退居山林,怎么这次会下山来呢?"向秀只好答道:"巢父、许由那些人,并不是真正的通达。我现在一点儿也不羡慕他们。"文王喜出望外。

满奋吴牛喘月

满奋的身子有怕风的毛病。

有一次,他去谒见晋武帝。武帝要他坐在北窗下。北窗有一面琉璃做的屏风,看似疏疏落落,其实并不透风。满奋坐下以后,脸色一直阴晴不定。武帝知道了他的毛病,哈哈大笑。满奋只好自我解嘲说:"我好比是吴牛,见了月亮也会喘。"

> 原来江淮之间产水牛,故称为吴牛。南方多暑气,吴牛怕热,见了月亮也以为是太阳,所以见月就喘。

陆机出口成对

陆机是吴郡大族,才思敏捷无匹。

有一次他去造访王济,王指着身前的几斛羊酪说:"你江东有什么美味可以和它相比?"陆机信口答道:"有千里莼羹,末下盐豉。"时人叹为名对。

> 千里、末下都是地名。

君子得疟疾

有个小孩的父亲得了疟疾,小孩到处去寻找寒食散。有人问:"你父亲是有德君子,怎会患疟疾呢?"那小孩答道:"就因为它使君子生病,所以才叫'疟'疾嘛!"

民间传说:疟疾的鬼很小,不敢使巨人、君子生病。本篇故事则利用"疟"与"谑"谐音来开玩笑。

新亭对泣

东晋南渡以后,有许多移居江南的大族,在空闲的好日子,往往相邀到建康城南的新亭去野宴。

大家正坐在草地上时,周顗突然叹息:"此地风景不错,可惜和北方是完全不同了!"大家听了,无不相对流泪。

那时身为丞相的王导,见大家这样消沉,便脸色一整,站起来大声说:"我们应该同心勠力,匡复神州才是。怎么能甘心像这样束手无策,做楚囚对泣呢!"

江左夷吾

永嘉之乱,北方成为"胡人"天下。刘琨留在北方,有意建立功业。因此便派温峤为大使,到江南探听消息,并趁机取得晋王司马氏的信任。

晋王听说温峤渡江南来,便大会宾客接见他。众人都是初见温峤，见他姿貌奇丑，无不吃惊，但待大家坐定后，温公畅谈天下事，四座又无不动容。王导见温峤英颖特别，便暗中深自结纳。所以，温峤离开晋王府后，便专程返回北方。临行，对人说："江左已有管夷吾，天下事不必忧愁了！"

"江左夷吾"从此成为王导的代称。

高座不学汉语

晋时，西域有一和尚高座来游江南。王导和周颛都很喜爱他的风格。

高座不学汉语，和名士交谈，往往靠传译。后来周颛遇害，高座对他的灵位念胡咒超度，没有人懂得他念的是什么咒。

有人问道："高座和尚为什么不学汉语？"简文帝答道："借此省去应酬的麻烦吧！"

菩萨度累了

庾亮进入佛寺，看见一尊卧佛像，便叹息道："这个菩萨卧在路边，大概是度众生度累了吧！"一时传为名言。

澄公把石虎当海鸥鸟

天竺和尚佛图澄，在永嘉时期到中国来。他说自己有一百多岁了，经常不必进食而以空气调养。据说他的肚子旁边有个孔，平日用棉絮塞起来，晚上读经，便把棉絮拔掉，孔中自有光照射出来。

澄公在北方见天下大乱，石勒石虎雄桀好杀。为了拯救众生，便往见二石，略施手段，显现神通，使石家兄弟大为叹服，尊为"大和尚"。

高僧支道林在江南，听说澄公在北方教化二石，说道："澄公把石虎当作海鸥鸟。"

"海鸥鸟"是《庄子》中的故事。有个住在海边的人，每天早上到海上和鸥鸟玩，鸥鸟几千万只群集在他的身边。那人的父亲知道了，便对他说："你明天去捉几只鸥鸟给我玩玩。"第二天，那人又到海上去，鸥鸟却在空中飞舞而不敢下来。

人有机心，鸥鸟便有戒意。澄公没有机心，所以石虎便如鸥鸟。

朱门蓬户

竺法深坐在简文帝旁边，刘惔故意问道："和尚岂可来游朱门？"竺答道："你自己才把这里看作朱门，在我却如游蓬户一般。"

忘情和不能忘情

张玄之和顾敷小时候都很聪明。顾和很喜欢这两个小外孙。但私底下他认为顾敷比较聪明，所以对顾敷也比较偏爱。

在他们七岁的那年，顾和带他们到佛寺游玩，抬头看见一幅佛祖涅槃巨像。这幅图像中的佛弟子，有的哭泣，有的不哭泣。顾和便试问两个小外孙："为什么佛弟子有的哭，有的不哭呢？"张玄之答道："有的佛弟子和佛祖比较亲，所以就哭了；有的比较不亲，所以不哭。"顾敷道："不对。应当说有的能忘情，所以不哭；有的不能忘情，所以才哭。"

康法畅的拂尘

康法畅手上有一柄拂尘，属于上品。当时清谈名士，莫不希求此物。

有一次，法畅去造访庾亮。庾亮见他手上拿的拂尘，一时颇有感触，便说道："这柄麈尾非同凡品，怎会经常在公手上？"法畅笑道："不动心的人，根本不会想要这柄拂尘；而贪心的人想要这柄拂尘，我也不会给，所以经常在我手上。"

麈尾，指拂尘。

木犹如此，人何以堪

东晋曾在江南设置琅邪侨郡，金城便属于这个琅邪郡。

太和时期，桓温北征，路过金城，看见他从前做琅邪内史时所种的柳树都已长得非常粗壮了，便慨然叹道："树都长得这么大了，我呢？"说罢，手把柳条，不觉掉下泪来。

东晋时，把北方的郡搬到南方设置，称为"侨郡"。

蒲柳之姿

顾悦和简文帝本是同年，但顾的头发早白了许多。

简文帝问："你的头发怎么先白了呢？"顾悦答道："我是蒲柳之姿，所以先白；陛下是松柏之质，所以经霜不凋。"

未若柳絮因风起

有一天，下雪的时候，谢安和家中的小儿女在闲谈文学，忽然雪下得更密了。

谢安一时兴起，便问："你们看白雪飘飘像是什么？"谢胡儿道："好像把盐撒在空中。"谢道蕴说："不如说像柳絮被风吹起来。"谢安大笑。

胡儿是谢安二哥谢据的儿子，道蕴是谢安大哥谢奕的女儿。

齐由齐庄

孙潜、孙放小时候清秀聪慧。

有一次，他们在庾亮家游玩。庾公问孙潜："你的字叫什么？"孙潜说："字齐由。"庾公问："齐由是齐什么呀？"孙潜说："齐许由。"庾公又问孙放:"你的字叫什么?"孙放说:"叫齐庄。"庾公问:"齐庄是齐什么呀?"孙放说:"要齐庄周。"庾公再问:"为什么慕庄周而不慕仲尼呢?"孙放答道:"圣人的智慧是天生的,他的智慧太高了,所以不敢仰慕。"

支公养马

支遁字道林,是得道高僧。

支公养着几匹马。有人说:"和尚养马不大相称。"支公答道:"世人只知爱马,我却爱其神。"

支公好鹤

支道林喜欢鹤。有人送他两只小鹤。

小鹤长大了,张开翅膀想要飞,支公便把它的翅膀剪掉了。两只鹤扑扑地拍着翅膀,却怎样也飞不起来,便回头看着支公,好像很后悔的样子。支公看了,叹息道:"既有冲天的本事,又哪肯做人的掌中玩物呢!"于是把鹤的翅膀养长了,便放它飞去,自此不再养鹤。

欲者不多,给者忘少

谢玄是谢奕的第三子,善于谈论事理。

晋武帝任用山涛,给赐总是很少。谢安在家中和子侄燕集,便随意问道:"武帝任山涛为三公,给赐不过斤合,这有什么道理吗？"谢玄答道："这应当是由于山公欲求不多，所以使得给赐的人也忘少了。"

"斤合"，是指少的意思；"给赐"，这里指薪俸。

渡河焚舟

谢朗对庾龢说道："今天晚上我们准备到府上清谈，你不妨先回去检修城垒。"庾龢豪情大发，答道："好。如果王坦之来，我只用偏师迎他；如果韩伯来，那我只好过河拆桥，逢路塞路，决一死战。"

山阴道上

王献之见会稽境内多山水，便叹道："从山阴路上经过，山水之美，令人应接不暇。秋冬之间，尤其使人难忘。"

芝兰生阶庭

谢安经常用各种机会教育子侄。

有一次，他问："我家子弟和别人有什么相干，为什么一定要把他教养成为好子弟呢？"大家一时答不上来。

谢玄答道："这就像芝兰玉树，大家都想移植在自己的庭院里。"

讨厌影子的人

谢灵运喜欢戴曲盖笠。孔淳之笑他说："君子居心旷达，为什么不能忘怀一顶曲盖帽呢？"谢灵运答道："这只怪我像是个讨厌影子的人吧！"

"讨厌影子的人"是《庄子》中的故事。有人因为讨厌自己的影子而越走越快，结果影子也越跟越紧。那人以为自己走得还不够快，便发足狂奔，竟累死了。

政事篇第三

文王之囿

王承做东海郡太守,有小吏偷捕郡内池中的鱼,被人告发。王笑道:"从前文王的林园,和百姓共有。我池中的几条鱼,又何必太吝啬呢!"

"文王的林园"是《孟子》中的故事。齐宣王问孟子:"听说从前文王的林园方七十里,真的有那么大吗?"孟子说:"百姓还嫌它太小哩!"宣王又问:"那么寡人的林园不过方四十里,百姓却认为太大,这是怎么回事呢?"孟子道:"文王的林园,百姓去采樵、打猎都可以,所以百姓嫌它太小。现在大王的林园,百姓只要去打猎,便被处以杀人罪。这方四十里的林园,不啻成为方四十里的陷阱了。百姓嫌它太大,不是应该的吗?"

陈太丘办案

陈实做太丘县令,有强盗劫财杀人,正赶着去处理。半路上听说另有小民生子,弃而不养,陈实便叫属下立刻回车去办理弃子案件。部下说:"劫财杀人事大,应该先办。"陈实却说:"劫财杀人是常理。母子相残,罪不可恕,必先究办。"

送犯夜人回家

晋代的法律：禁止夜行。

王承做东海太守，有小吏拘捕了一个犯夜行的人来。王问："你从哪里来？"那人答道："刚才在老师家中读书，不觉时间太晚了，因此犯夜。"王承听了，对属吏说道："你们都听见了吧。如果我现在用法律办他，只怕人家要说我鞭宁越而立威名。这不是治民之道。"立刻命小吏送那人回家。

> 宁越是周人，小时在乡下耕田，后来苦心力学，终为周威王之师。

王导善于接见宾客

王导领扬州刺史，对江南土著十分拉拢。有一次，他接见许多宾客，大家都感到很光彩。座中只有一临海（在今浙江）宾客任颙及一群"胡人"不大融洽。

王导刚刚小便回来，便发现这情况，于是他走到任氏宾客的身边，使用吴语说道："君一离开临海到京师来做官，临海便没有人了。"任颙大感亲切喜悦。

任氏走到胡人面前，弹指说道："兰阇！兰阇！"群"胡"大笑，于是四座并欢。

> "兰阇"是吴地的方言，义未可解。请参考：《陈寅恪论文集》中的《东晋南朝的吴语》和《述东晋王导

的功业》两篇。

王导行政宽简

王导治理江南的时候，行政宽简，晚年更不大过问政事。很多人批评他行政太宽，他叹息道："人家说我糊涂，后人自当怀念我这个糊涂人。"

陶侃勤俭通变

陶侃任荆州刺史，叫人把木屑、竹头统统要留下来，不论是多是少。官吏都感到奇怪。

有一次，雪后初晴，官署门口行人往来不便，陶公就叫人把木屑铺在地上。桓温伐蜀的时候，大造战船，利用陶公所留下的竹头做钉子，非常便利。

这时候，大家才明白陶公勤俭通变，非常人所及。

何充处理文书

王蒙、刘惔和竺法深一同造访骠骑将军何充。何充忙着处理文书不招呼他们。

王蒙对何充说道："我今天和深公一同前来造访，就是希望何公暂时卸下俗务，大家闲谈一会儿。哪晓得公竟乐此不疲，忙个不休呀！"何充道："我不忙这些俗事，诸公能常得空闲吗？"四人相顾大笑。

文学篇第四

郑玄青出于蓝

郑玄在马融门下读书,三年都见不到马融一面,只由马融高足传授而已。有一次,马融遇到天文学上的一个难题,百思不得其解。有弟子建议说:"郑玄必能通解。"马融便召郑玄来,郑玄把推算的星盘一转便解决了。

后来郑玄学成了,辞别老师回家。在半路上很怀疑马融会派人加害他。一时心神不安,便躲入桥下,穿着木屐站在水中。马融嫉恨郑玄已久,果然想借机加害,便拿出占卜的转盘推算郑玄所在。马融推算了一会儿,便对门下弟子说道:"不用去追了。郑玄现在正在土下、水上、身上依靠着木头。这样子看来是死定了。"于是郑玄才得脱身回家。

服虔善《春秋左传》

郑玄注《春秋左氏传》,尚未完成。后来在客栈偶然遇到服虔,双方倾谈良久。郑玄见服虔的看法大致和自己相合,便把自己写下的注统统送给服虔,于是后代便流行了《左传服氏注》。

钟会论操行和才能

钟会看见汉魏以来"政府拔举人才,究竟操行重要,还是才能重要"的问题,一直被争论不休,便写了一篇《四本论》,讨论才性问题。

钟会的论文完成后,很希望嵇康看看,便把论文放在怀中,去找嵇康。到了嵇康家门口,转念一想:"如果嵇康出口为难自己,自己又辩他不过,怎么办?"于是索性把论文远远地掷入嵇康家中,便一溜烟似的跑了。

王弼少年奇才

何晏做吏部尚书的时候,名望很高,谈客盈门。

王弼还不到二十岁时,有一次往见何晏。何晏听说王弼来了,鞋子都来不及穿好,便很高兴地到门外去迎接他。

坐定以后,何晏便把往日所注《易经》和《老子》中最精彩的几条拿给王弼看,并说:"这几条注,我认为是极高明的了,你看还能够找到漏洞吗?"王弼看了看,便一条一条地加以驳难,四座无不认为何晏理屈。

王弼把何晏难倒以后,又另外提出一些问题,自立自破,如猫戏老鼠一般,大家无不叹服。

王弼注《老子》

何晏注《老子》,书成之后,往见王弼。王弼把自己注的《老子》也拿给何晏看。何晏见王弼所注的《老子》十分精奇，便五体投地叹道："像你这样的人，才够格谈论天人之际的问题。"

裴徽善解人意

傅嘏善谈名理，荀粲好谈玄学，两家宗旨本来可以相通，可是仓促之间，两人往往争持不下。这时候裴徽如果在场的话，便会善解两家之意，沟通彼此的情怀，使大家无不欢畅。

庾敳悟性高明

庾敳（ái）恢廓有度量，自称是老庄之徒。他第一次读《庄子》的时候，开卷一尺，便把它卷了回去。对人说："从前还没读过《庄子》，我便认为我心中所想的道理是对的。现在读《庄子》，才发现果然彼此暗合。"

向郭二家注《庄子》

魏晋时，注《庄子》的人很多，其中以向秀的注最为特别，但向秀注《庄子》的《秋水》《至乐》两篇还没完成就去世了。向秀的儿子年幼，不能整理，于是文稿散落。向秀其实另藏有别本，只是世上无人知道罢了。

郭象和向秀是同时人，才高而操行不好。郭见向秀的《庄子注》尚未传世，便窃为己有，另自注《秋水》《至乐》两篇，使全书完备。

郭象《庄子注》问世后，向秀的别本《庄子注》也被发现。因此，后代有向郭二家的《庄子》注本，意义都一样。

阮瞻简易通达

阮瞻的为人通达而不啰唆。司徒王戎有一次问他说："圣人讲名教，老庄讲自然。他们的宗旨相同不相同呢？"阮瞻就非常简单地回答说："将无同。"（只怕是相同的吧！）王戎听了，叹息良久，认为阮瞻的回答简单而又精彩极了。于是王戎就拔举阮瞻做官。

阮瞻凭三个字的回答就做了官，卫玠很不服气，就讥笑他说："其实一个字也可以回答得了，又何必假借三个字。"阮瞻答道："如果是天下人所仰望，就是不说话也照样可以被拔举，又何必假借一个字？"卫玠大为服气，才知阮瞻不是徒有虚名，而王戎拔选人才也是另有标准的。从此，阮瞻和卫玠就成了好朋友。

王导的三个命题

从前，世人都说：王导到江南以后，只谈"声无哀乐""养生""言尽意"三个命题而已。

其实，这三个命题互相关联，无所不入。"声无哀乐"是讲声音本身没有绝对的哀乐。"养生"是讲顺自然而保养，不是人为的"益寿延年"。"言尽意"是讲言语文字只是用来表达意象而已，意象既得，言语文字便可舍去。

殷浩读佛经

殷浩读佛经，说道："理应该就在这上面。"

"阿丫堵"是魏晋俚语，意思是"这个"。所以殷浩说："理应在阿堵上。"

阮裕精"白马论"

谢安少年时，请阮裕讲解"白马论"。阮裕的讲述十分透彻，谢安仍不能理解。因此，阮裕叹息道："不但能解析'白马论'的人不可得，就是能听懂'白马论'的人也不可得啊。"

"白马论"就是公孙龙的"白马非马"。

挥麈剧谈

孙盛和殷浩都善于谈论析理，名噪一时。有一次，双方剧谈相抗，都忘了进食。谈到精彩处，两人连连挥动麈尾，麈尾脱落，落到了饭菜上。仆人看了，一直摇头不已。

"剧谈"是魏晋俚语，指苦相论难，有尖酸刻薄的意味。

支公擅名《庄子·逍遥》

魏晋时代的名士,常喜欢讨论《庄子·逍遥》篇,可是无人能超出向秀、郭象之外。只有支道林在白马寺所谈《逍遥》篇能标新义于向、郭二贤之外。因此,支公以《庄子·逍遥游》篇擅名一时。

殷浩偏精才性论

殷浩对于才性论——操行和才能问题钻研最精。如果有人和他辩论这个问题,殷浩便防守严密,如汤池铁城,无懈可击。

支公造《即色论》

支道林写《即色论》,完成之后,拿给王坦之看。

王坦之看了《即色论》,一句话也不说。支公道:"怎么?你想默默地记下来吗?"王坦之答道:"这里没有文殊师利在,谁又知道我在干什么?"

> 文殊师利的故事,见《维摩诘经》。文殊问维摩诘说:"什么是入菩萨境的不二法门?"维摩诘一句话也不说。文殊叹息道:"这真是入菩萨境的不二法门哪!"
>
> 所以,王坦之不说一句话,即表示《即色论》写得很好,是入道的不二法门。

支公讲《维摩诘经》

支道林讲佛经，圆通无碍。

支公晚年在山阴，讲《维摩诘经》，由支公主讲，许询论难。支公每立一义，众人都认为许询无法难倒；而许询每设一难，众人也认为支公无法攻破。结果双方一来一往，源源不绝，听众无不眉飞色舞。

支公讲完以后，众人都认为自己通了。但互相论难一下，便自乱了起来。

支公的弟子，听讲多年，虽然也传承了支公经义，但事实上不能尽得。

许询怒挫王修

许询年少时，有人拿他比作王修。许询心中大为不平。

有一回，许多名士和支道林都在会稽西寺讲谈。那次集会，王修也在座。

许询既心怀不平，便趁机往西寺找王修较量。许询先执一理，由王修提出诘难，结果王修不敌。接着双方又倒过来，许询执王修之理，王修执许询之理相诘难，最后王修仍然不敌而败阵。

许询挫败王修后，便问支公道："弟子刚才的论难怎么样？"支法师道："好是好，但何必苦苦诘难到底，一心一意想挫败对方呢？这不是析理论难所必需的吧！"

殷浩读《辨空经》

殷浩精研小品《辨空经》,亲自标下两百个签条,每一条都是精微难解的问题。

殷深慕支道林法师的大名,便派人去迎林法师,想用这些难题困倒他。

林法师见了殷浩派来的使者,便欣然准备前往。那时王右军(羲之)正在座,对林法师说:"殷浩胸中渊博,析理明捷,不易为敌。他殚精竭虑所不能通解的问题,必是相当难解的教理,上人去了,未必便能立刻回答。况且擒服了殷浩,也不能增加上人的名望。若双方不契合,十年清名便为所累,不如罢了!"林法师便打消了前往的念头。

支道林,又称林法师。

于法开为难林法师

于法开才辩纵横,曾和支道林争论色空问题。后来林法师名望愈著,法开愈是不满。

法开寄迹剡县山中。有一次,林法师在会稽山阴讲小品,法开便派遣弟子法威路过山阴向林法师挑战。法开对弟子说:"道林正在讲小品,我估计你到的时候,他正好讲到某某品。"然后,法开便把某某品根本无法通解的几十条问题提示给法威,要他到时提出来当场为难林法师。

法威到山阴以后,林法师果然正在讲某某品。于是法威先布陈来意，说明于法开的付托，然后向林法师攻难。争到后来，林法师已居下风，便厉声喝道："于法开有本事又何必把这些问题交给你来难我！"

刘惔妙答

殷浩问："自然的运转是无心的，可是这世上为什么偏是好人少，坏人多呢？"大家一时不能回答。刘惔答道："这就好像水滴在地上，偏就是没有合乎规矩的。"一时四座为之绝倒。

康僧渊名噪江南

康僧渊通大小品般若，就是《放光般若》和《道行般若》。晋时和康法畅、支愍度一同渡江。

康初到江南，常在街市乞食素斋过活，没有什么人认识他。

有一次，正值盛夏，康僧渊路过殷浩家。殷浩先前精研佛经《小品般若》，便以佛经中的难题相叩问，后来又和康辩论僧侣无情有情之义。自始至终，康不为所屈。于是殷浩大为叹服，便四处为康揄扬，使康僧渊在江南一夕成名。

殷浩疑多患少

殷浩自从兵败被废为庶人以后，住在东阳。由于官场失意，心中无聊，便开始阅读佛经。

殷浩初读《维摩诘经》，便疑《般若波罗蜜经》太多，后来读《小品般若》，又恨太少。

殷浩挑战林法师

　　支道林、殷浩有一次和简文帝同座。简文帝道："二君不妨试一交锋。但才性问题，殷君自是有恃无恐，请林法师要特别小心。"

　　双方交谈一开始，林法师就设法远扬，避开殷的圈套。但几次折冲以后，林法师仍不知不觉堕入殷浩彀中，于是简文帝拍着林法师的肩膀笑道："才性问题，殷君防守如崤函之固，自是难以相抗！"

张凭语惊四座

　　张凭负才气，被郡守拔举为孝廉。当他离家赴京师的时候，曾夸口说这一去必和时贤分庭抗礼。同伴都笑他不自量力。

　　张凭到京师，先造访清谈名家刘惔。刘惔正在家中洗衣打杂，便叫张暂坐角落，未多交谈。

　　一会儿，王蒙等许多名士都来了。张凭偶在座中发言，情愫相通，一时语惊四座。于是刘惔乃请张凭上座，彼此畅谈，并留宿到天明。

　　第二天，张凭告辞。刘惔和他约定："请暂回船上，我另有安排。"张凭回到船上，同伴问他昨夜睡在何处，张只是笑而不答。不久，刘惔派来传令的使者，在岸上大呼："张孝廉的船在哪里？"张的同伴无不惊讶。

　　于是，刘惔当下便陪同张凭去谒见简文帝，并推介张为太常博士。简文帝一见张凭,只交谈几句,便叹息说:"张凭勃窣为理窟!"意思是说张虽然姿貌短小,但辞理丰赡。

"勃窣"是吴地的方言,指体貌短小的意思。

《诗经》何句最佳?

谢安在家中小聚,问子弟说:"《诗经》哪一句最好?"谢玄答道:"昔我往矣,杨柳依依;今我来思,雨雪霏霏。"谢安却说:"'吁谟定命,远猷辰告',这句最有雅人情致。"

"昔我往矣"四句,是《诗经·小雅·采薇》篇的句子。这篇是说周公东征的感触。他说:"多年以前,当我离京东征的时候,路上正是柳丝拂人,令人留恋的春天;现在我回来的时候,路上却是雨雪满路了。"

谢安所引的"吁谟定命"二句,是《诗经·大雅》的《抑》篇,这是写大政治家的远虑:在每年春日正月的时候,把邦国的大计,按时布告天下。

刘惔擒服孙盛

殷浩、孙盛、王蒙、谢尚等清谈名士,会集在会稽王府。殷浩和孙盛首先开始交谈《易经》,孙越谈越得意,便说:"只要道理契合,便觉意气干云。"但是四座都不同意孙盛所谈的易理,却又不能制服他。

这时，会稽王叹息道："假使刘惔在这里，一定有办法把他制服。"于是立刻派人迎接刘惔来。孙盛心里有数，自己确实不及刘惔。

一会儿，刘惔来到。坐定以后，便请孙盛把他刚才所执的易理再叙一遍。孙既心虚，所陈述的易理遂远不及刚才的气势。刘惔听完以后，便立刻抓住漏洞，加以诘难，孙盛不能不服。于是大家抚掌大笑，无不尽欢。

圣人有情否？

僧意在瓦官寺和王修论理。

僧意先请王修提出他所执的理，然后开始诘难。僧意问王修："圣人有情无情？"王说："圣人无情。"僧意再问："圣人无情的话，那么圣人像柱子一样吗？"王说："譬如像筹码一样，筹码虽无情，操作它的却有情。"僧意说："这样说来，什么操作圣人呢？"王修不能答。

惠施妙处不传

会稽王司道子有一次问谢玄："惠施学术渊博，他的书可以装满五辆大车子，可是为什么没有一句话契合玄理，可以拿来清谈的呢？"谢玄答道："这应当是惠施精妙的地方，后世不传吧！"

　　惠施的故事，见《庄子·天下》篇。惠施所谈的理，
是名家名学上的理，和易经、老庄都不同，却与公孙龙

接近。譬如惠施说：卵有毛、鸡三足、马有卵、犬可为羊、火不热、目不见、龟长于蛇、白狗黑等，这些道理和公孙龙的白马非马、坚白论等都是名学上的问题。清谈家以其难懂，便很少人能通惠施、公孙龙的名学。

殷仲堪精研玄学论题

殷仲堪精研玄学上的各种论题，有人说他无不研究。殷却叹息着说："假使我能通解《才性四本论》，那我能谈的玄理还不止这样哩！"

《才性四本论》就是讨论才性的四个命题：（一）才性同；（二）才性异；（三）才性离；（四）才性合。这四个命题，魏晋名士各擅胜场，譬如傅嘏论同，李丰论异，钟会论合，王广论离，都是一时之选。但对于"才性四本论"最精的是殷浩，支道林曾堕入他的圈套。阮裕、殷仲堪诸人，论难甚精，但都不通"才性四本论"，并引以为耻，可见"四本论"甚难。

《易经》以感应为本体

殷仲堪问慧远法师："《易经》以什么为本体？"远法师答："《易经》以感应为本体。"殷再问："那么，铜山西崩，灵钟东应，这便是《易经》上感应的道理吗？"远法师笑而不答。

"铜山西崩,灵钟东应"是汉书东方朔传的故事。古人认为铜是山中的产物,所以说铜是山之子,山是铜之母。子母相感应,所以山崩之前,钟往往有感应而先鸣。汉代未央宫殿前钟,无故自鸣。三日后,南郡太守上书说山崩二十多里。

北人学问广博,南人简要

褚裒对孙盛说:"北人(指黄河之北)学问广博,南人(指黄河之南)学问简要。"支道林在旁边听了,便诠释褚裒的话说:"圣贤是不必说了。从中人的资质以下,北人读书,如在广阔处看月亮,博而不精;南人看书,如在门窗中看太阳,精而不广。"

未得牙后惠

康伯是殷浩外甥,年少聪慧,殷浩很偏爱他。

有一次,殷对人说:"康伯未得我牙后惠。"意思是说:"康伯还没得到我的揄扬。"怜惜之意,溢于言外。康伯后来果然成为一代名流。

深公夷然不屑

有一个来自江北的和尚,和支道林相遇于金陵城内的瓦官寺。这和尚很喜欢玄理,便与支公讲论《小品般若》,当时竺法深、孙绰都在座。

支公面对诘难挑战，总是从容答辩，不疾不徐。对方遂居下风，只是仍然游辞不已。

孙绰看在眼里，便问深公说："上人也常是下风家，但为什么向来都不说话呢？"深公微微一笑，并不回答。支公笑道："白檀木如果不是香气浓郁的话，逆风的时候怎么还闻得到呢？"深公听了林法师的话，还是夷然不动，一句话也没有说。

裴頠擅"崇有论"

裴頠著《崇有论》，辞理渊博。他想借此矫正当时人崇尚虚无的弊病。许多崇尚虚无的人都来向他论难挑战，但是，无人能使他屈服。

后来，王衍和乐广曾来向裴頠领教，双方差可匹敌。但别人拿王、乐之理来难裴頠，裴頠又占上风。

王羲之披襟解带

王羲之初任会稽太守，支道林正在剡县。

孙绰对王羲之说："林法师领悟拔俗，襟怀自清，你想见他吗？"羲之意气自负，没有把林法师放在心中。

后来，孙绰邀请林法师一同造访羲之，羲之仍是十分矜持，不与林法师多交谈。过了一会儿，羲之才道："《逍遥》篇可以说来听听吗？"林法师便一口气作数千字，辞藻丰蔚，如奇花映发。至此，羲之才大为叹服，不觉为之披襟解带，流连不能自已。

羊孚论《齐物》篇

羊孚善谈理义,有一次和殷仲堪论《庄子·齐物》篇。殷设法为难他,羊孚道:"我们讨论四回合(主客各执一正一反之理一次为一回合,魏晋俚语称作"一番")以后,应当会得到相同结论。"殷笑道:"只要能尽齐物之义,结论又何必相同呢?"等到四回合之后,折回来一通解,双方结论果然相同。

至此,殷道:"我再也提不出别的跟你不同的道理了!"便大为叹服羊孚为新秀。

殷仲堪读《道德经》

殷仲堪常以《道德经》自随,对人说:"三天不看《道德经》,便觉舌根牵强,语言无味。"

提婆讲《阿毗昙经》

东亭侯王珣崇信佛教,造了许多精舍。

有一次,西域高僧提婆到中国来,王珣便请他到精舍讲《阿毗昙经》。提婆开讲没多久,王僧珍便说:"我已懂了。"便跑到别的精舍去亲自主讲。

提婆讲完以后,王珣问法纲和尚:"弟子都还不了解《阿毗昙经》,王僧珍怎么就都了解了呢?他了解到什么程度了?"法纲答道:"大纲要义不差,精妙之处自是有待研究了。"

桓玄才思空竭

桓玄和殷仲堪常共谈玄理,每互相攻难,一年之后,只是来往了一二回合。桓玄不能取胜,便叹息道:"我最近才思空竭,自觉不如从前多了!"殷便取笑道:"这不是你退步了,而是你想偷闲偷懒的缘故吧!"

煮豆燃豆萁

曹丕和曹植两兄弟,才思都很敏捷,但曹操偏爱曹植,常想废曹丕而立曹植为太子。这使得曹丕、曹植之间,闹得十分不好。

后来曹丕即位,就是魏文帝,对曹植多方欺侮。有一次,他迫曹植七步之内完成一首诗,如果不能完成便将其处死。曹植不假思索,应声吟道:"煮豆燃豆萁,豆在釜中泣。本自同根生,相煎何太急。"魏文帝一听,惭愧不已。

曹植的诗,原句不是这样浅,本文从俗改写。

阮籍神笔

魏朝封司马昭为公,昭再三辞让,不肯接受。司徒郑冲便派人请阮籍写一篇劝进文。那时阮籍正住在袁准家,他被扶起来时,脸上还带着昨晚的醉意。

郑冲的使者说明来意以后,阮籍便带醉落笔直书,文不加点,立刻交付使者。时人称之为神笔。

左思《三都赋》

左思的《三都赋》刚完成的时候，受到当时许多文士的讥评，这使得左思心中很不痛快。

后来左思把《三都赋》拿给张华看，张华说："你的《三都赋》可与班固的《两都赋》、张衡的《二京赋》鼎足而三。可惜你还没有成名，你的文章也不会受人重视。你应该另请盛名之士为你品题，才能增高身价。"于是左思便去造访西州高士皇甫谧，请求代为揄扬。

皇甫谧看了《三都赋》以后，大为叹赏，亲自替他作序。于是从前讥评《三都赋》的人也都对左思五体投地了。

刘伶著《酒德颂》

刘伶处天地之间，自由放荡，常认为天地太狭窄。

有一次，走在路上被人误会，那人拔拳要揍他，刘伶一看风头不对，赶紧叫道："鸡肋岂足以挡尊拳。"那人看刘伶一身排骨模样，知他确实挨不起一个拳头，便悻悻然走了。

刘伶最大的偏爱是酒。他出外漫游，身边必有一壶酒。人家以文章显名，他却不放在心上。终其一生，只有一篇《酒德颂》自认为是意气所寄而已。

乐广、潘岳相得益彰

乐广善于清谈,而不善于写作。

有一次,他要辞去河南尹,便请潘岳代写辞呈。潘岳说:"代写是可以,但必须合你心意才行。"于是乐广自述大纲,潘岳代为综理,文笔清绮。于是时人都说:"乐潘枝叶相衬,两得其美。"

夏侯湛续周诗

《诗经·小雅》中《南陔》《白华》《华黍》《由庚》《崇丘》《由仪》六篇,只保存了篇名而内容则早已亡失。

夏侯湛把这六篇诗续补完成,便拿给潘岳看。潘岳称赞道:"这六篇诗文不只温厚典雅,而且孝悌之情,溢于言外。"于是,潘岳便另作《家风诗》,上述祖宗恩德,下戒后代子孙。

孙楚悼亡诗

孙楚在他的妻子死去一年之后,除去了丧服,并写了一首《悼亡诗》,拿给王武子看。

王武子看了又看,叹息道:"真不知道是诗文发自感情,还是感情发自诗文。读来迷离沉痛,愈使我感到夫妻情重。"

殷融长于笔才

江南殷融叔侄都善于析理,但一讷一辩。

殷融的侄儿殷浩长于口才，常剧谈不休。殷融和殷浩清谈，融常居下风。这时候殷融往往就会说："你还是回家去看看我所写的论著吧！"

庾敳作《意赋》

　　庾敳作《意赋》完成后，拿给庾亮看。
　　庾亮道："叔叔的赋，如果说是有意，赋里又没有完全表现出来；如果说是无意，那还作什么赋？"庾敳笑道："我的赋就在有意无意之间。"

　　庾亮是庾敳的侄儿。

郭璞《幽思》篇

　　郭璞其貌不扬，又不喜妆饰，而且经常纵情任性，吃饭常是过饱，喝酒常是大醉。有人劝他说："你这样恐怕会把身体弄坏。"郭璞却说："上天所给我的太好了，哪里会弄得坏？"
　　郭璞学问博而奇，文藻富赡。他写的《幽思》篇，其中两句"林无静树，川无停流"，阮孚叹赏不已。阮孚说："真是萧瑟高深，不可言传。好比是极目一望，便觉形神无限超越。"

庾阐作《扬都赋》

　　庾阐的《扬都赋》，有句颂扬温峤和庾亮的话说：

"温挺义之标，庾作民之望。方响则金声，比德则玉亮。"

庾亮把赋拿来一看，看到"比德则玉亮"，认为和自己的名字犯冲，不妥。便把"亮"改为"润"，又把"望"改为"隽"。

世传《扬都赋》，据说是庾亮如此改过的。

谢安讥评模拟作赋

庾阐的《扬都赋》呈给庾亮看的时候，亮以同族之情，为幼辈延誉。于是向人宣扬道："此赋可三二京，四三都。"意思是说：这篇赋可与班固的《两都赋》、张衡的《二京赋》鼎足而三，也可以和班、张及左思《三都赋》并驾为四。

庾公望重一时，经此揄扬，于是京城附近，人人争着抄写，纸为之贵。谢安知道以后，认为此风不可长，便说："不要这样。这种赋，简直是屋上架屋，床上架床罢了，有何名贵！子弟事事模拟，不去创造，未免越来越浅陋无知！"

习凿齿作《汉晋春秋》

习凿齿识见不凡，桓温很器重他。桓温任荆州刺史时，特别提拔习凿齿，一年之中升迁了三次。

那时简文帝在位。简文帝是桓温所立。桓温数次北伐，朝廷都不支持，因此他想取代简文帝，另创大业。

桓温派习凿齿返金陵探望简文帝，想借习的判断来定夺。不想习并不同意桓温的野心作为，他对简文帝的印象很好，便向桓温说:"我一生没有见过这样的人。"于是桓温大怒,把他贬了出去。

习凿齿被贬以后,不久便得病,但在病中还在写作《汉晋春秋》,坚持他的看法。

五经鼓吹

左思的《三都赋》和张衡的《两京赋》,很受当时人的重视。孙绰便说:"《三都赋》《二京赋》是五经鼓吹。"意思是说,这五篇赋都是经典的羽翼。

张凭作《母诔》

有一次,谢安问陆退:"张凭为什么只作《母诔》而不作《父诔》?"陆退答道:"男人的美德,已表现在事业操行之中,早为世人所知;但妇人的美德,只表现在家庭琐事之中,不靠诔文,何以传世?"

陆退是张凭的女婿。

陆机才多为患

潘岳的文章清绮无比,文字洗练。陆机的文章虽然也华美丰蔚,但稍嫌堆砌。

因此,孙绰曾经评潘、陆二家的文章说:"潘文如锦绣,没有一处不好;陆文却要沙中拣金才行。"张华也很赏识陆机,他说:

"人家作文,常患无才,陆机作文,简直是才太多了!"

孙绰《游天台山赋》掷地金声

孙绰作《游天台山赋》,拿给范启看。孙绰自夸说:"你试把我的赋掷在地上,也会发出金石声!"范启见孙绰太自负,便说:"你的金石声,恐怕未必就美妙吧!"但范启后来读了《游天台山赋》,仍然赞美不已。

"赤城霞起而建标,瀑布飞流而界道"便是《游天台山赋》中的名句。

谢安的碎银子

谢安为简文帝立谥号。

他提出议论说:"按照谥法'一德不懈曰简,道德博闻曰文',追怀先帝的美德,与此相仿佛,应上谥号称简文。"桓温看了,心中十分不平,便把它掷给其他座客,说:"你们看吧,这便是谢公的碎银子。"意思是说:谢安所立谥号,完全是溢美不实,因此这无疑是谢安自贬身价。

袁宏擅咏史诗

袁宏小时候,家里很穷,曾经替人帮佣,运载租米。
有一个秋天的晚上,袁宏运载租米,路过当涂县的采石矶,刚好镇西将军谢尚也穿着便服在此泛舟。谢尚在月下听到运租米的船上有人吟诗,且情致高雅,便派人去探问。原来是袁宏在吟唱自己所作的咏史诗。

谢尚把袁宏邀请到自己的船上,畅谈到东方发白。此后,袁宏便声望日隆。

潘岳浅净,陆机深芜

孙绰评潘岳、陆机的文章说:"潘文浅而利落,陆文深而芜杂。"

裴启作《语林》

裴启少有风姿才气,喜欢讨论古今人物。

他所作的《语林》,开始问世的时候,大为远近所传诵。当时的名流和少年才俊,莫不竞相传抄,各藏一本。

《语林》中所载王珣的《经黄公酒垆下赋》,才情尤为特别。

谢万作《八贤论》

谢万作《八贤论》,以渔父、屈原、司马季主、贾谊、楚老、龚胜、孙登、嵇康为八贤。然后他评判这"八贤"优劣的标准是:凡是不做官的隐士便判为优,做官的便判为劣。

孙绰对谢万的评判大为不满,便批评谢万说:"这样的论断只怕太浮浅了。应该不管他做不做官,只要能体会玄理、见识高远,便判为优才是。"谢万很不服气,便拿给顾夷看。顾夷看了,也只好摇摇头说:"我也作过《八贤论》,我想你大概都忘了吧!"

袁宏《北征赋》

桓温命袁宏作《北征赋》,赋成,桓公和当时名流都叹赏不已。王珣看了却说:"可惜少了一句,要是能够加上一句,以'写'(音义同'泻')字为韵脚,那就更好了。"袁宏立刻拿笔加了一句:"感不绝于余心,泝流风而独写。"桓公一看,笑道:"当今作赋,又快又好的,恐怕不得不推袁宏为第一了。"

《北征赋》中,"恐尼父之恸泣,似实恸而非假。岂一性之足伤,乃致伤于天下。感不绝于余心,溯流风而独写",是其名句。

袁宏《名士传》

袁宏作《名士传》,传成,亲自面呈给谢安。谢安看了笑说:"我从前曾和客人谈江北的逸闻,那只是说着好玩的。不想袁宏竟拿来著书。"

《名士传》中以夏侯玄、何晏、王弼为"正始名士";阮籍、嵇康、山涛、向秀、刘伶、阮咸、王戎为"竹林名士"。

袁宏倚马可待

桓温北征,袁宏随侍在侧。后来袁宏因为出言不逊,得罪了桓温，遂被免职。

但是，有一次桓温急需一篇露布（告捷的文书），便又立刻唤袁宏来，命他倚靠在马前写作。于是，袁宏下笔如神，一下子就写了七张纸。王珣在旁边，看了这篇露布，也不能不赞叹袁宏的捷才。

顾恺之作《筝赋》

有人问顾恺之："你写的《筝赋》和嵇康的《琴赋》，哪一篇比较好？"顾恺之道："不会欣赏的人，一定会说我的《筝赋》写得比较晚，拾人唾余，没有什么价值；但有法眼能鉴赏的人，一定会给我的赋'高而奇'的评价。"

殷仲文读书不广

殷仲文天分很高，可惜读书不够广博。所以，谢灵运看了他的文章，便叹息说："假使殷仲文读书有袁豹的一半，那么他的文才必不比班固差多少。"

羊孚作《雪赞》

羊孚作《雪赞》，在形容雪的洁白飘逸使物象生辉时，他说："资清以化，乘气以霏；遇象能鲜，即洁成辉。"

桓胤看了，十分称赏，便拿来书写在扇面上。

古诗何句最佳？

王恭在京师信步闲行，路过弟弟王爽家门口，便驻步和他聊天。王恭问："你看古诗中哪一句最好？"王爽一时答不上来。王恭道："'所遇无故物，焉得不速老'最好。"

这两句古诗的意思是：往日的故友都一个个地去世，自己也就感到老得更快了。

桓玄登楼作诔

有一次，桓玄登上江陵城的南楼。正徘徊间，对左右说："我想替王恭作一篇祭诔。"说罢，便在城楼上高声吟啸，接着他便坐了下来，握管沉思。就这样，一坐之间，诔文便完成了。

桓玄酬答贺版

桓玄初克荆楚，领荆、江二州刺史，并有二府、一国。那时天正下大雪，五个地方的贺版纷纷来到。

桓玄坐在厅上，贺版一到，立刻酬答。版后的文章无不灿然可观，且二州、二府、一国，毫不相乱。

方正篇第五

陈元方责客人无礼

太丘长陈实和朋友约定某日中午要出门。过了中午,那位朋友还是没有来,陈实便走了。

陈实走后,那个朋友才到。陈实的儿子元方才七岁,正在门外游戏。那客人问元方:"令尊在家吗?"元方说:"他等你等了很久,你一直没来,所以他就走了。"那客人听了怒道:"真不讲理!既然和我约定会面,怎么又把我抛下走了!"元方道:"你和我父亲约定中午见面。现在你过了中午才来,是不讲信用;在我的面前骂我的父亲,更是没有礼貌。"那个客人没想到元方的嘴巴这么厉害,有点儿不好意思,便下了车想拉拉元方的手,元方却跑进门里,不再理他了。

宗承不交曹操

南阳人宗承自小性情耿介,在乡里很有声望,许多人都去造访他。

曹操和宗承年纪相差不多。曹操小时候曾去过宗承家,拉着他的手,想跟他做朋友,可宗承却不喜欢曹操。

后来曹操做了宰相,总揽朝政,那时宗承也名满天下。曹操又从容问宗承:"我们现在可以交个朋友吗?"宗承竟答道:"松柏之心不变。"曹操对这书呆子心中有气，但又不便得罪他，唯恐落人口实，说自己量小。

于是曹操想了一个办法：叫自己的儿子曹丕、曹植向宗承执弟子之礼，有时候也亲自去宗承家访以朝政，"薄其位而优其礼"，使天下人不敢讲话。

郭淮夫妻情重

郭淮的妻子是王凌的妹妹。王凌做过太尉，因反叛司马宣王而被杀。按照当时的法律，王凌的妹妹要连坐。

当京师派人来抓郭夫人的消息传出以后，关中州府文武官员及百姓，纷纷请求留住夫人。郭不敢答应，如期把夫人戎装，遣使上路。

但郭淮治理关中三十多年，深得民心。一时间，百姓奔走呼号竟绵延十余里，郭淮的五个儿子也叩头流血，请求追回母亲。郭淮不忍坐视，便令追回夫人。

后来，郭淮自知触犯了宣王，便上书道："五子哀恋，思念其母。其母既亡，则无五子。五子若殒，亦复无淮。"宣王看了，遂宽赦了郭淮。

辛毗杖金斧执法

诸葛亮北伐，占据五丈原与司马懿对垒，一时关中震动。

魏明帝唯恐司马懿沉不住气，开城出击，便有战败的危险，于是他派遣辛毗前往监军。

诸葛亮见司马懿闭垒不战，便一面派人辱骂司马懿胆小如鼠，一面派人送上一套妇女的衣衫，要他穿上。这一来果然激怒了司马懿，但是诸葛亮等了很久，却始终不见魏兵开城出击。

于是，诸葛亮便派了探子去打探消息。那人回来报告说："有个老头子，手拿金斧（黄钺），站在营垒门口，杀气腾腾，所以军队开不出来。"诸葛亮听了，微微笑道："此人必是辛毗无疑。"

金斧（黄钺），是代表皇帝的令牌，如有人违抗，立即杀无赦。辛毗为人正直，所以魏明帝才把金斧交给他。

夏侯玄生死不渝

夏侯玄学问博雅，风格高朗。钟会很想和他结交，但被夏侯玄拒绝了。后来，夏侯玄因为得罪大将军司马师而被收捕，交给钟会的哥哥钟毓审理。钟会一看机会来了，便去狎侮夏侯玄以报前仇。夏侯玄面色一整，说："钟君，你我志趣不投，不适合做朋友，现在我虽受刑，你也不可以这样对我！"但钟毓对夏侯玄却十分尊重。

玄受拷问时，一句话也没有说，甚至临刑之前，玄仍是举止自如，像平日一样从容。

夏侯玄同而不杂

陈骞的哥哥陈本和夏侯玄相友善，但陈骞则因在外做官，跟夏侯玄没什么交情。有一次，夏侯玄到陈本家中宴饮。陈骞得到消息，便赶回家中想和夏侯玄会面。

陈骞一进家门,夏侯玄便站起来说:"我们可以在一起吃饭,但交情另当别论。"陈骞听了,便愣在门口,过了一会儿才说:"你的话不错!"说完便走了。

陈泰正直不屈

高贵乡公曹髦受司马昭控制以后,心中忧愤不平。最后他只好孤注一掷,率领僮仆数百人去杀司马昭,半路上被司马昭党羽贾充截住,曹髦被杀。

曹髦被杀死的时候,宫廷内外,议论纷纷,喧腾不已。司马昭便问曹髦的侍从陈泰:"你说,怎样才能使大家安静下来?"陈泰道:"最好立刻杀掉贾充,向天下人谢罪,这样便能平息物议!"司马昭说:"还有另外的办法吗?"陈泰道:"我只知最好的办法,不知其他的办法。"

和峤实话实说

晋惠帝小时候痴愚不慧,武帝很担心他将不能继承大业。

有一次,晋武帝对和峤说:"太子最近似略有长进,请你去看一下!"和峤去看了以后,回答晋武帝说:"太子圣质如初。"晋武帝为之默然。

诸葛靓孝谊为先

吴人诸葛靓(jìng)因父亲为司马昭所杀,因此,晋灭吴以后,他虽迁居洛阳，但经常背向洛水而坐。晋武帝屡次派人请他出来做官，他也不答应。

诸葛靓的姐姐是武帝（司马炎）的叔母，武帝因为想念诸葛靓，便请叔母把靓找来，在她家中会面。

靓谒见武帝，叙礼已毕，便在一起宴饮。武帝说："小时候我们是常在一起的玩伴，你还记得吗？"靓面色一变，说道："过去的事不用再提了。今天我就是漆身吞炭，完全改变了我自己，也不能再出来服侍陛下！"说罢涕泪纵横。最后，武帝只好惭愧而去。

王武子持正不阿

晋武帝对和峤说："我想痛骂王武子，然后再给他加官爵。"和峤道："王武子为人爽直，恐怕不会屈服。"武帝不信，把王武子找来狠狠训了一顿，然后问道："你现在知道惭愧了吧！"王武子却说："'一尺布，尚可缝；一斗粟，尚可舂；兄弟二人不能相容。'每次想起这首歌谣，便常为陛下感到可耻。别人能使陛下亲戚不睦，我却无力使陛下亲戚和睦。如果要说惭愧，只有这件事愧对陛下。"

原来，武帝和齐王攸之间，兄弟不睦，所以王武子借机讽刺。

杜预独榻而坐

杜预出身贫贱，又尚豪侠，不为乡里所容。

后来，杜预拜镇南将军，都督荆州的军事，上任的时候，官员们都来送行。但这些宾客到了杜家，却仍然是连榻而坐，不愿和杜预坐在一起。有一个叫羊琇的宾客，后来才到，见了这情形便笑说："杜家还是连榻坐客吗？"说罢，不肯落座，竟自走了。

杜预灭吴回来，声望便不同了。从此他也是独坐一榻，不肯和宾客连坐在一起了。

和峤刚直坐专车

晋武帝时，荀勖为中书监，和峤为中书令，当时的中书监、中书令常同车入朝。

和峤为人刚直、不讲私情，荀勖则常常谄媚，为此，和峤很看不起荀勖，认为与他同车是一大耻辱。

有一次入朝的时候，车刚到和峤便上车，正面向前坐。荀勖一看，车上的座位都被和峤占了，根本再也容不下自己，只好另外找了一部车子去上朝。

从此以后，朝廷只好给中书监、中书令各配一部车子。

山允拒见武帝

山涛之子山允，有一次忘了戴帽子，伏靠在车子里面。那时，晋武帝已催过好几次说要见他。山涛不敢推辞，只好问儿子："怎么样，你到底去还是不去？"儿子说："不去。"

于是，当时的人便评论说："儿子胜过山公。"

向雄义不复交

向雄做河内太守的主簿（掌理文书）的时候，有一次送公文的人把公文弄掉了。太守刘准误以为向雄偷懒，不分青红皂白就狠狠地把他揍了一顿，然后把他革职打发了。向雄为人素重气节，他认为这件事是奇耻大辱，便和刘准绝交了。

很不巧的是，后来两人竟又都在门下省做官，向雄做黄门侍郎，刘准做侍中（门下省的领袖）。向雄见了他的上司，始终不肯和他交谈。

晋武帝听说向、刘二人不说话，便命令向雄去重修旧好，至少官府上下的关系应该要维持。向雄不得已只好去造访刘准，并对他说："我今天是奉皇上的命令才来的，你我之间，上下之义早已断绝，你想怎样！"说罢便自走了。

晋武帝听说向、刘二人还是不肯和好，便很气愤地责备向雄说："我要你们修复官府上下的关系，怎么到现在还是不相往来呢？"向雄不得已，只好说了一番心里话。他说："从前官府的执政长官，用人的时候讲求合礼，把人免职也必须合礼；现在我所遇到的长官，要用人的时候，便对他百般亲密，不用他的时候，便对他落井下石。我对刘不以兵刃相加，已是很客气的了，哪能再修复旧好！"于是，武帝也无可奈何。

嵇绍拒做伶人

嵇绍做侍中的时候，有一次到大将军府去讨论政事。

快开始的时候，有人建议说："嵇侍中善于丝竹管弦，何不请他当场演奏一番,以愉众人?"于是大将军也不征求嵇绍的意见,便叫人把乐器拿了进来。嵇绍却拒绝不受。大将军说:"大家难得聚会见面,气氛欢洽,君为何要拒绝呢?"嵇绍答道:"大将军协辅皇室,一举一动,天下瞩目。嵇绍虽然官职卑微,却也不敢穿着先王的法服,去从事伶人的工作。大将军一定要我演奏的话,请容我换上便服。"于是那客人只好惭愧而退。

陆机应对不亢不卑

范阳人卢志,自负家族的声望。有一次竟在四座广众之间问陆机说:"陆逊、陆抗是你家的什么人?"陆机从容答道:"就好比你和卢毓、卢珽的关系一样。"

陆机的弟弟陆云站在旁边,当他听到卢志这样不客气地问话时,脸色马上就变了,因为直呼对方父祖的名姓,是极其失礼的行为。

二陆出来以后,陆云问道:"阿兄,他们怎么这样无礼?难道他们真的不知道吗?"陆机脸色一整,答道:"我们的父祖,名扬四海,他们岂能不知?只有他们这些鬼子,才会不把吴郡陆氏放在眼里。"

当时名贤正想拟定二陆的优劣。谢安听了这故事,便以此判定二陆的高下。

"鬼子"指卢志。相传,汉代的卢充和鬼结婚生子,卢志是他们的后代。"鬼子"的称呼,暗示陆机博学而敏捷。

不久，裴𬱟心生一计，便故意去找王衍，在他家中当面破口大骂，把王衍骂得一头雾水。裴𬱟一边骂，一边希望王衍回骂。因为这样一来，世人便会认为：王衍和他是半斤八两而已。

可是，不管裴𬱟怎么样大骂，王衍都只是不动声色。直到裴𬱟骂累了，王衍才一个字一个字地说："我的白眼珠又浮起来偷看人了！"

王导胸怀洒落

庾亮镇守荆州的时候，建康城中有消息说："庾公有东下石头城之意。"于是有人便请王丞相暗中戒严，以备不测。对此，王导说："庾公与我虽然都是本朝大臣，但原来都爱好布衣闲居，不愿做官。现在庾公如果真的要来的话，那我宁可立刻头戴角巾，回乌衣巷隐居。京师又何必戒严呢！"

"乌衣巷"在建康城南，长干寺之北。南渡初期，琅邪王氏住在此地。

"洒落"是指光明洒脱的意思。

阮孚好木屐

祖约好财物，阮孚好木屐。喜好财物，或喜好木屐，同样都是一种累赘，但这两人之间，一时高下未判。

有个人去拜访祖约，刚好碰见祖约正在计算财物。当客人进入门口的时候，他还来不及收拾净尽，剩下两个小筐筐放在背后。

因为觉得被客人看见很不好意思,所以他便斜着身子遮掩,脸色不大高兴。

另外一个人去拜访阮孚,看见阮孚正拿着木屐在上蜡,他一边上蜡,一边叹息说:"我有这么多好木屐,不知道一生能穿多少双?"脸上气定神闲,一无牵挂。

从此以后,祖、阮高下立判。

王丞相有床难眠

许璪、顾和二人,曾在王丞相手下做事,很受器重。因此,每次游宴集会,他们都和丞相在一起。

有一天晚上,他们在王丞相家下棋,二人都非常尽兴。夜深以后,王丞相便叫他俩到自己帐中睡觉。顾和上了床翻来覆去,老是睡不着。许璪却是一上床就鼾声大作。王丞相看了看,笑着对宾客说:"今天晚上,这张床很难是睡好觉的地方了。"

王羲之东床袒腹

太尉郗鉴在京口的时候,派遣门生送信给丞相王导,说要在琅邪诸王子弟中,挑选一个女婿。王丞相说:"你到东厢去随意挑一挑吧!"

门生回去以后,向郗鉴报告说:"王家的少年郎,听说我来挑女婿,个个都表现得很矜持。只有一个少年郎,躺在东边的床上,露出肚子,自顾自地吃东西,根本不当一回事儿。"郗鉴听了很高兴,说:"这个正好。"一打听才知道,那个把这个不当一回事儿的便是王羲之。

于是，郗鉴就把女儿嫁给了羲之。

羊曼真率

晋室刚渡江的时候，拜官的人都在家中供设餐点，款待客人。

羊曼拜丹阳尹，家中供设餐点。早来的客人，便挑些精致的吃，晚到的客人就只好将就些了。客人不问贵贱，时间不论早晚，一切悉听自便。

羊固拜临海太守，家中整天都供设华美的餐点，而且随时添加，所以客人无论早来晚到，都能得到丰盛的款待。

当时名贤评论二羊的高下，便说："羊固的丰华，不如羊曼的直率。"

周顗聊以解嘲

周顗和周嵩是两兄弟。周嵩性子狷直豪爽，常以才气凌人。

有一次，周嵩喝醉了酒，瞪着眼睛大骂周顗："你算什么东西，你比我差远了。真是浪得虚名！"周顗不应。

过了一会儿，周嵩又拿起蜡烛火向周顗掷过来，周顗立刻闪在一边，笑道："阿奴用火攻，真是下策啊！"

顾和搏虱子

顾和刚刚在扬州做官的时候,有一次停车在州门外。

周颛要去找王丞相,路过顾和的车边。顾和却只顾着抓虱子,一动也不动。周颛觉得奇怪,便去而复返,指着顾和的头说:"这里面到底是些什么东西呀!"顾和只是抓虱子,过了好一会儿,才看了周颛一眼,一个字一个字地说道:"这里面的东西呀最是难测!"

周颛见了王丞相以后,很高兴地说道:"有一个扬州小吏,有令仆(宰相)之才!"

"令仆之才"指尚书令和仆射之才,二者同为宰相。
顾和后来果然官拜尚书令。

庾亮左右开弓

庾亮和苏峻作战,大败,带着十多人乘坐一条小船逃亡。

沿途乱兵不时上来攻击。庾亮左右开弓射贼,一不小心,误中舵手,舵手立刻倒地。众人大惊,便纷纷想下船逃亡。庾亮却安坐不动,只是慢慢地说道:"像他这样的身手哪可杀贼!"大家一听,便又安静下来。

庾翼马失前蹄

有一次,征西将军庾翼外出归来,盛陈仪卫。他的岳母在安陵城楼上看见了，便对女儿说："听说庾郎骑术很好，我却从来没有见过。"妇人就叫人告诉庾翼。

庾翼在路上听说岳母要看他骑马，便叫仪仗向两边排开，让他在中间盘马。可刚刚打了两转，就从马背上栽了下来。楼上母女大叫，庾翼却毫不在乎，意气自如。

谢安泛海吟啸

谢安和孙绰诸人，一同泛海出游。

忽然之间，风浪大了起来，船上诸人无不变色。只有谢安游兴正浓，在船上吟啸不已。划船的人见谢公貌闲意悦，便催船往前冲去。这时风浪愈来愈急，船上诸人开始坐不住了，纷纷站起来大叫。谢安说道："你们再这样骚动，只怕这条船就要回不去了。"众人一听，才立刻回座。

这时大家见了谢安的雅量，无不信服他一定能够安定朝野。

谢安作《洛生咏》

桓温在新亭设宴，并埋伏甲兵想杀谢安、王坦之。

王坦之非常着急，问谢安："到时候怎么办？"谢安神色不变，对王坦之说："朝廷存亡，在此一行。我们走吧！"

到了新亭，王坦之越来越害怕，谢安则越来越镇定。谢、王二人到席前坐定以后，谢安便以他浊重的鼻音，模仿洛下书生的歌唱，唱了一首"浩浩洪流，带我邦畿"。桓温一听，豪情大发，便大喝一声"退下！"于是一场干戈，消弭于无形。

谢万不介意

支道林离开京师的时候,时贤都会集在征虏亭送行。

蔡系早到,坐在林公身边。谢万晚到,坐得离林公远一点儿。一会儿,蔡系有事,暂时离座。谢万借机占了蔡系的位置。蔡系回来一看,就把谢万推在地上,使谢万头巾散落,狼狈不堪。

谢万站起来以后,慢慢整理衣冠,回到原来的位置落座。对蔡说道:"你也忒奇怪,几乎坏了我的面子。"蔡系却回答说:"我本来就没想你有什么面子。"然后,二人都不再介意。

释道安盛名之累

释道安是东晋高僧,郗嘉宾对他极为景仰。

有一次,郗嘉宾送给释道安白米千斛,并写了一封厚厚的书信,殷勤寄意。

释道安的回信来了,却只有简单的几个字:"损米,愈觉有待之为烦。"意思是说:你送我这么多的米,愈使我感到盛名之累。

"有待"的故事,见《庄子·逍遥游》篇。列子乘风而游,十分洒脱。但列子虽不必用脚走路,仍然"有所待"——有所依赖。依赖什么呢?风。如果没有风,他还能乘风而游吗?

释道安修行般若,理应寂寂无闻才是。但道行高了,声名羁绊也来了。郗嘉宾就是景仰他的声名才送米给他的，所以释道安说这是盛名之累。

谢奉是奇人

　　谢奉做吏部尚书，因事被免官。他东还会稽老家时，在破冈遇到谢安。

　　谢安想到二人即将分离，对谢奉有点儿不舍，便留在破冈两三天，想安慰谢奉，共话心事。但每次谢安提到失官之事，谢奉就把话题引开，所以二人虽在中途盘桓了几天，谢安却始终没有机会畅谈此事。

　　两人分手以后，谢安一直觉得心意未尽，胸中好像有块东西塞在里头。因此，只好对同行的人说道："谢奉实在是个奇人！"

戴逵谈论琴书

　　戴逵善于弹琴，文章清妙，常与高门名流往来。

　　谢安最初听到戴逵的名气时，不大看得起他。有一次，戴逵下山，谢安前去看他。二人见面，只是谈谈琴书而已。但后来，戴逵越谈越妙，谢安不觉悠然神往。自此以后，谢安才知道戴逵胸中自有丘壑和雅量。

谢安围棋如故

　　前秦苻坚率兵百万，想并吞江南，前锋距离广陵只有一百多里。这时整个京师，人心震骇。

但是谢安仍旧和人在别院下棋。忽然，前方有一通书信到来。谢安看了看书信，一句话也没说，仍旧继续下棋。旁边的人急得不得了，便问："前方的胜负，到底怎么样？"谢安答道："小孩子们已经把敌人赶跑了！"说话的时候，脸色动作和平常一样。

搔不到痒处

殷仲堪认识一个人，作赋一流，十分诙谐。

有一次，殷仲堪拿了他的一篇赋给王恭看，对王恭说："这篇新文章很有意思。"王恭接过来看的时候，殷仲堪就在旁边笑个不停。

王恭看完以后，既不笑，也不叫好，只是把文章放在桌上，用玉如意敲了两下。

殷仲堪一看，不觉怅然自失。

刘琨以胡笳退敌

有一次，刘琨在城中遭胡骑重重围困，一时窘迫无计。

到了月亮初升时，刘琨便登上城楼，高声长啸，啸声十分凄凉，胡人开始心中有所触动。

中夜以后，刘琨又叫人大吹胡笳。胡人思乡情切，不觉为之落泪。这样几个晚上，夜夜胡笳，胡人大感吃不消，最后只得弃城跑了。

识鉴篇第七

桥玄品鉴曹操

曹操少年时去见桥玄。桥玄善于品鉴人物,便说:"你将来必是个乱世的英雄,治世的奸贼。现在天下大乱,恨只恨我已老了,看不到你富贵了。但是,我想把我的子孙托付给你。"

裴潜论刘备

曹操问裴潜:"你曾经和刘备共住荆州,你认为刘备的才能怎样?"裴潜说:"如果刘备住在中原,必然大乱。但是他如果占有边陲,便足为一方的霸主。"

傅嘏有知人之明

何晏、邓扬、夏侯玄都想和傅嘏结交,傅嘏不肯,三人便请荀粲来说合。傅嘏说:"夏侯玄志大量小,徒有虚名;何晏、邓扬心气浮躁,贵同恶异,而且贪利无厌。这三人,败坏人伦,避之犹恐不及,岂能为友?"

后来那三人果如傅嘏所言,都未得善终。

王衍推重山涛

晋武帝在宣武教场讲武,一心想要偃武修文,拆除武备。山涛听了,不以为然,便讲述了一番孙吴用兵的本意:"谋国者必不可忘战。"武帝很同意但不能采用。

后来,晋室诸王见朝廷武备废弛,便心怀不轨。这时王衍叹道:"山公虽然没学过孙吴兵法,但修道深远,所见自与孙吴暗合!"

何物老媪生宁馨儿

王衍从小就聪明秀丽,装扮齐整。

有一次,王衍来见山涛,临走的时候,山涛舍不得他走,一直看着他的背影,目送他离开。最后山涛怒道:"真是混账!哪家的老太婆生下这样好的小孩!将来天下必然被他搞乱。"

王衍十四岁时,追随父亲到京师,羊祜一见,便对宾客说:"此人将来必负盛名,可惜伤风败俗的也必然是他。"

"宁馨儿"是六朝俗语。宁馨是"如此"的意思。

石勒读《汉书》

石勒是胡人,骑术过人,但不识字,因此在空闲时,常叫人读书给他听。

有一次,他听人读《汉书》。那人读到楚汉相争,郦食其劝刘邦立六国后代，以分化项羽的时候，石勒便大为吃惊，把桌子一拍说道："这下完了！刘季怎么会得有天下！"一会儿，那人读到留侯（张良）入谏，痛骂郦食其。石勒才松了一口气，叹道："原来赖有此人！"

卫玠先天不足

卫玠五岁的时候，已生得粉妆玉琢，可惜先天不足。因此他的祖父有一次便叹息说："玠儿清秀异常，可惜我已老了！"

卫玠后来只有二十多岁便死了。

张翰见机而退

张翰在齐王冏手下做事。有一年，秋风刚刚吹起来，张翰便想起了江南的菰菜、莼羹和鲈鱼脍。于是他便说："人生难得几回痛快，又何必在官场太伤脑筋呢！"于是辞了官就直奔江南。

不久，八王乱起，齐王冏终于失败。时人才知道张翰辞官，并不是真正为了家乡的菰菜鲈鱼，乃是他有先见之明，借机急流勇退而已。

此人必为黑头公

诸葛恢避难过江，自号道明。他做临沂县令的时候，王导一见，便说："此人必为黑头公。"

"黑头公"指年轻的宰相,或说是青年才俊。

王玄志大其量

王澄和王玄素不相识。有一次王澄见了他,便说:"此人器量狭窄,野心却太大,将来恐怕不得好死。"王玄后来果然在坞堡中遇害。

周嵩刚烈有远见

有一年冬至时,周颛的母亲,举杯向三个儿子(周颛、嵩、谟)祝贺道:"我本来以为到江南以后,恐怕难有立足之地,没想到你们兄弟会有今天的成就,这使我十分放心!"周嵩一听,立刻跪在地上痛哭道:"我看不如阿母所说。阿兄志大才疏,见识不明,恐难以自保。孩儿生性刚愎,常和人家冲突,也难长久。只有阿奴(周谟小字)平平,将会留在阿母身边而已。"

王含自投死路

王敦造反败亡以后,其部下王含、王应父子商议共奔前程。王含想投奔荆州刺史王舒,王应想投奔江州刺史王彬。

王含说:"江州刺史王彬,生前既敢抗衡大将军(王敦),今天你怎么敢投奔他呢?"王应说道:"就是因为王彬敢抗大将军,今天我才敢投奔他呀!试想大将军强盛时,王彬硬是不从,这便非常人。今天大将军失败,王彬必然同情我们,我们前往投奔,正是时候。荆州刺史王舒一向懦弱不敢得罪大将军,今天临危前往投奔,其人心事难测!"

王含不听王应的话。父子二人便遂投奔王舒。王舒不愿受大将军连累,便把王含父子沉入江底。其时,王彬已在江边备船等待王应,后来才知王应误投荆州,为之叹息不已。

褚裒鉴赏孟嘉

孟嘉酒量好,善于应对。早年在庾亮手下做事时,已经很出名。

庾亮问孟嘉:"酒有什么好吃,为什么你那么喜欢酒?"孟嘉说:"酒中自有趣味。"庾亮又问:"听乐伎奏音乐,丝不如竹,竹不如肉是什么缘故?"孟嘉说:"渐近自然。"庾亮十分称赏。

有一次,褚裒路过武昌,问庾亮:"孟嘉在这里吗?"庾亮说:"你自己找找看吧?"褚裒仔细寻找了一遍,指着孟嘉说:"他和别人不同,大概是吧!"庾亮大笑点头。

"丝不如竹,竹不如肉"是说:琴弦不如箫管,箫管不如歌喉。

殷浩栖迟墓地

殷浩栖迟丹阳墓地将近十年,时人比作管、葛。有一次,王蒙、谢尚、刘惔三人同去探望,殷浩坚决不出,在回程路上,王对谢说:"殷浩不下山,天下苍生当奈何!"刘惔笑道:"你们真相信他的鬼话吗?他哪能不下山!"

"栖迟",是居留的意思。

桓温逢赌必胜

桓温议出兵伐西蜀,众人都不赞成。朝廷亦认为桓温出兵将无功而返。

刘惔听了,微微笑道:"桓温必克西蜀。你看他赌樗蒲,不下场便罢,每出手必赢。"

谢安东山再起

谢安隐居东山(浙江上虞县境),蓄养家妓,每游山玩水,必有家妓相从。朝廷屡次请他下山,他总是推辞不就。简文帝道:"安石必将东山再起。他既和人家同游乐,自必和人家同担忧。"

郗超先公后私

郗超与谢玄不和。苻坚带兵南下逼近京师时,朝议派谢玄领北府兵出征,许多人不同意。郗超说:"我曾和谢玄共事桓温,谢善用人才,巨细无遗。如派他北征,当可奏功。"

谢玄克敌以后,时人无不叹息郗超的见识和雅量。

韩伯积怨

韩伯与谢玄交情不好。谢玄北征后,街坊议论纷纷。韩伯便说道:"不必担心。此人好名,必能一战。"谢玄在前方听了大怒,对人说:"丈夫提兵在外,出生入死,为的是替君亲分忧,岂可说是好名!"

赏誉篇第八

邴原云中白鹤

邴原博学多闻,汉魏之际,天下大乱,他去到辽东避难,辽东太守公孙度对他极为礼遇。

后来,邴原想返回乡里,公孙度不让他走。于是邴原就设法把左右灌醉,中夜坐船离去。公孙度发觉以后,派人去追,已经晚了,便叹息说:"邴原真是云中白鹤,不是我这捉燕雀的网子所能罗捕的啊!"

裴楷清通,王戎简要

裴楷和王戎二人小时候去拜访钟会,钟会极为赞赏。他说:"裴楷清通,王戎简要。将来如果出来做吏部尚书的话,天下人才必无幽滞。"

裴楷论四大名士

裴楷论夏侯玄:"如入宗庙,令人起敬意。"论钟会:"如入武库,剑戟森森。"论傅嘏:"广大无所不有。"论山涛:"如登山下望,幽然深远。"

王戎论山涛

王戎论山涛:"像是一块浑金璞玉,人人都知是稀世之宝,却不知道叫作什么器物。"

阮咸万物不能移

山涛推举阮咸做吏部侍郎。他说:"阮咸清真少欲,万物不能打动他的心。如果他占据选曹要地,分判人才的清浊,绝不作第二人想。"

王衍风尘外人

王戎论王衍:"明秀若神,好比瑶池仙树,自然是风尘外人。"

裴頠清谈林薮

裴頠善于清谈,辞理丰蔚,所以当时的人说他是"清谈的林薮"。

山涛不读老庄

有人问王衍:"山涛谈义理到底如何?有谁人可比?"王衍说:"山公从来不以清谈自居,也不读老庄。可是我常听他歌咏,和老庄意旨并无不同。"

裴楷笼盖人上

王衍说:"裴楷清明朗爽,真人上之人,不是凡品。如果我死后还能复活,我将与他同归。"

乐广要言不烦

王衍说:"乐广清谈,真是简要之至,使我每次一开口,便自觉烦琐。"

庾琮服寒食散

庾琮甚为知名,后来服寒食散变成残废。他的家住在建康城西,自号"城西公府",聊以解嘲。

寒食散就是五石散,用赤石脂、白石脂、紫石脂、钟乳石、硫磺,五石相配,以治劳伤诸症。魏晋名士则以服寒食散为风流。

五石散不宜热服,要冷服,故称"寒食"。食后要行走散热,叫作行药。余嘉锡有《寒食散考》。

王玄使人忘寒暑

庾亮少年时,为王玄所器重。庾渡江以后,回忆往事,倍觉亲切难忘,便叹息道:"和王玄论交,使人悠然不知寒暑。"

卫君谈道,平子三倒

王澄谈吐高傲,向来不肯低头,但是每听卫玠谈玄理,便拍案绝倒。前后三闻,为之三倒。时人笑说:"卫君谈道,平子三倒。"

王澄,字平子。

王导夜话忘倦

王导招祖约夜话,通宵不眠。第二天早上,有客来访,王导来不及梳理头发,脸上略有倦意。客人问:"昨夜失眠了吗?"王说:"昨天和祖约夜话忘了疲倦。"

来,来,这是你的座位

何充学识渊博,王导一见便用麈尾指着座位说:"来,来,这是你的座位。"意谓何充将来必为宰相。

王述糊涂虫

王述性子耿介坦率,讨厌虚文。
有一次在王导家中坐。王导每次说话,四座无不附和赞美。王述看不过去,便道:"主人不是圣人,诸君哪得事事附和!"王导大为叹赏,四座却认为他是"糊涂虫"。

刘绥灼然不群

刘绥风姿灼然，庾亮叹道："刘绥千人亦见，百人亦见。"意思是说刘绥十分特别，在千人群中，一望可见；百人群中，亦一望可见。

徐宁海岱清士

桓彝善于品鉴人物。有一次，庾亮请他代觅一个人才，桓彝找了一年才找到徐宁。

桓对庾公说："别人所应有的长处，徐宁虽未必有；但是人家所不应该有的短处，徐宁必然没有。所以我把他推荐给你。"

贾宁为诸侯上客

何充有一次送人东还，抬头望见贾宁在自己车后，便说："此人如不死，必为诸侯上宾。"

贾宁先投王敦，后投苏峻，终以料事机先，脱身免害。

丰年玉和荒年谷

晋人称庾亮为"丰年玉"，称庾冰为"荒年谷"。意指庾亮之才，足可粉饰太平；庾冰之才，则可匡济时艰。

王述掇皮皆真

王述性子坦率，谢安说："把他的皮扒下来也都是真的。"

王敦可人儿

桓温和王敦心事相通。王敦死后，有一次桓温路过他的墓边，不觉叹息道："可人儿！可人儿！"

殷浩非以长胜人

王蒙称赞殷浩说："殷浩不只以他的长处胜过别人，就是他处理自己的短处，也胜过别人。"

刘惔胸中金玉满堂

王蒙对支道林说："刘惔胸中可谓金玉满堂。"林法师道："既是金玉满堂，又为什么还要挑选？"王蒙说："不是要挑选，只是他说的话很少罢了！"

可人儿和五里雾

殷浩谈论精微，长于《老子》和《易经》。有一次，王蒙、刘惔来和殷浩清谈。谈后，一起坐车归去。

在途中，刘惔对王蒙说："殷浩真是可人儿！"王蒙却说："你坠入他的五里雾中了。"

王羲之论四名士

王羲之论谢万："在山林湖沼中，独自显出遒劲。"叹赏支道林："心器明净，神理俊逸。"论祖约："风头皮骨，找不到第二个人。"论刘惔："云中的一棵树，枝叶疏疏落落。"

王述真率遮短

简文帝叹赏王述说："才既不高，对名利也不够淡泊；只是以少许的真率，便足以媲美别人诸般美德。"

江惇思怀旷达

江惇是江彪的弟弟，博览典籍，儒道兼综。王蒙叹道："江惇思怀所通，不止儒域。"

谢鲲折齿

谢鲲游心旷达，不拘形迹。有一次，他看见一女子在织布，姿貌俏丽，便去挑逗她。那女子大怒，把木梭投过来，打断了他的两颗门牙。旁人传为笑谈，谢鲲却傲然说道："不妨我啸歌。"一路上长啸不已。

谢安说:"谢鲲这个人如果遇上竹林七贤,自必把臂入林。"

谢安梳发清谈

谢安早年优游山水,不乐出仕。后来桓温镇荆州,听到谢安的大名,便请他到荆州做事。

有一次,桓温亲自去找谢安清谈,谢安正在梳头。谢安性子迟缓,桓公也不催促,便道:"你慢慢梳吧。"说着坐了下来,和谢安谈到天黑才离去。

桓温走后,对左右说道:"你们曾见过这样的人吗?"言下颇为得意。

门中久不见如此人

桓温在姑孰病了,谢安前去探望。谢安从东门进来,桓温远远看见,便叹息说:"我门中久不见这样的人了!"

赏异不赏同

孙绰做庾亮参军的时候,同游白石山,刚好卫永也来了。

孙绰一看卫永,便私下对庾公说:"那人的神情一点儿都不关注山水,难道他也会写文章吗?"庾亮说:"卫君的风韵,虽然不及你们,但他的可爱之处,也还不俗啊!"孙绰一听有道理,便反复领略这句话。

自知最难

王蒙和刘惔齐名，两人相知甚深。有一次，王蒙叹息说："刘惔对我的了解，比我了解自己还深。"

王何衣钵传人

王蒙和刘惔在找支道林。二人追到只洹寺，才发现林法师正据高座，挥麈讲道。王刘向座下一望，只见黑压压的一片，约有一百多人，无不注耳倾听。王蒙微微一笑，对刘惔说："这家伙实在不是好惹的东西！"过了一会儿，王蒙听林法师讲道，悠然神往，不觉又叹息道："此人自是王何衣钵传人！"

> "王何"指王弼、何晏。二人兼综儒道，驰才逞逸，是魏晋清谈的领袖。

刘惔、简文帝是《琴赋》中人

嵇康作《琴赋》，有所谓"非至精者，不能与之析理""非渊静者，不能与之闲止"。

许珣看了《琴赋》以后，说道："前一句，可指刘惔；后一句，可指简文帝。"

王洽供养法汰

释道安见北土大乱,难布法事,便派竺法汰去扬州周旋。

竺法汰到扬州后声名未着,王洽便设法供养他。每次出游各地名胜,必邀法汰同行。如果法汰不在,王洽就宁可停车不出门。

王洽所到之处,名流会集。因此过了不久,法汰便声名大噪。

王坦之不使人想念

谢安辅政以后,崇修园馆,讲究车马服饰,后来在大丧的时期,仍然要家妓奏乐来排遣。王坦之看不过去,屡次劝谢公,谢公不听。

有一次,谢安对人说:"王坦之这个人,见了面并不使人讨厌,但是他出门以后,也不使人怀念。"

何充酒中智者

何充是酒中智者,不但酒量好,尤善领酒中趣味。刘惔说:"每见何充喝酒,就想把家中好酒通通搬出来。"

一个人喝酒喝到这种境界,自然是最善于喝酒的人了。

王蒙可圈可点

谢安说:"王蒙话不多,但往往可圈可点。"

江灌不言而胜人

清谈名家刘惔,话说多了,便也慢慢地欣赏一些不说话的人。

刘惔见江灌不常说话,便加以观察,然后说道:"江灌不会说话,而能够不说话,这很使我佩服。"

刘惔醉后不胡言

简文帝说:"刘惔醉后也不会胡说,不愧是清谈名家。"

王胡之神悟

支道林说:"王胡之颖悟过人,每次遇见他,便引人谈个不停,不到精疲力竭,不想回去。"

谢安非常推崇邓攸,对他的遭遇很是同情,常说:"天地无知,遂使伯道无儿。"当时人亦多为之伤惜。

邓攸,字伯道。他在"永嘉之乱"的一次逃亡中,为了拯救亡弟之子,忍痛遗弃自己的儿子。过江以后,终身无子。

王凝之好酒

王凝之一向为人萧索寡合,只有遇到酒,才酣畅痛饮,忘情忘己。他的弟弟王献之写信跟他说："阿兄与酒自是衿契。"意思是说凝之既与人少合，只得以酒为友了。

王忱自是三月柳

王恭和王忱交情很好，只因误信流言，便相疏远。但王忱很可爱，所以王恭不与他往来之后，每有盛事，总是会想到他。

有一天早上，王恭独自散步到京口射堂前，见梧桐新发，枝丫挂露，不觉叹道："王大自是三月柳，令人相思！"

品藻篇第九

蔡邕定陈蕃、李膺高下

汝南陈蕃、颍川李膺二人，都是东汉一代名士。

有一次陈蕃、李膺共论功德，不能定高下。蔡邕便替他们裁断。他说："陈蕃敢于冒犯人主，李膺严于统摄部下。冒犯人主难，统摄部下易。"所以，陈蕃就被排名在三君之下，李膺则挂名在八俊之上。

所谓"三君""八俊"，是指东汉"党锢之祸"发生以后，天下名士共相标榜的名号。窦武、刘淑、陈蕃三人被称为"三君"。君是指一世所宗。李膺、荀昱、杜密、王畅、刘佑、魏朗、赵典、朱寓为"八俊"。俊是指人中之英。

驽马和驽牛

庞统到江南，吴人多闻其名。

庞统见到陆绩、顾邵，说道："陆子是所谓的驽马，顾子则是所谓的驽牛。"有人便问："先生的意思是陆胜顾吗？"庞统笑道："驽马虽快，只能负载一人；驽牛一天虽然只走百里，但所负载岂止一人！"吴人不能反诘。

庞统与顾劭的优劣

顾劭曾和庞统夜话，顾劭问："听说你善于品鉴人物，你我相比如何？"庞统说："陶冶世俗，随时应变，我不及你。但是，如果论王霸策略，观察祸福要害，我也略有一点儿长处。"顾劭为之叹服。

诸葛三名士

诸葛瑾、诸葛瑾之弟诸葛亮和堂弟诸葛诞，三人并负盛名，而各在一国。当时人的评论认为："蜀得其龙，吴得其虎，魏得其狗。"

诸葛诞替曹魏拔举人才，公而无私，与夏侯玄齐名。

诸葛瑾在吴，雅量过人。孙权派他使蜀，他只和诸葛亮在公堂相见，退无私交。

"龙、虎、狗"之称，只是表示他们的排行次序，不是轻蔑的意思。

《尔雅·释畜》："犬未成豪曰狗"。所以小虎、小熊也称"狗"。见《世说刘盼遂笺注》。

王敦挥扇不停

王敦在洛阳时，素忌惮周颛。每次见到周颛便觉面热，虽是

· 111 ·

腊月，也是挥扇不停。

渡江以后，周顗在石头城，王敦镇荆州。二人很难见一面。王敦叹息道："不知现在是我进，还是周顗退？"

谢鲲一丘一壑

明帝问谢鲲："你自比庾亮如何？"谢鲲说："在庙堂领导百官，我不及庾亮。但是栖于一丘，钓于一壑，他不及我。"

> "一丘一壑"是容成子的故事。黄帝有一次要去昆吾之丘，中途遇见容成子，便问他要去哪里。容成子说："我将栖于一丘，钓于一壑。"意思是说将去隐居山泽。

谢尚妖冶

宋祎曾做过王敦的妾，后来嫁给镇西将军谢尚。

谢尚问宋祎："我比王敦如何？"宋答说："王敦和将军相比，一个是田舍，一个是贵人。"谢尚姿态妖冶，一副贵族子弟妆饰，所以宋祎喜欢他。

> 宋祎是绿珠的弟子，姿容秀丽，善于吹笛，曾是石崇金石园中的婢女，后入宫，赐给阮孚，又归王敦，再归谢尚。

郗鉴有三个矛盾

卞壶说："郗鉴身上有三件事相矛盾。事上方正,却喜欢部下谄媚自己,这是第一件矛盾;修身清贞,对别人则大事计较,这是第二件矛盾;自己喜欢读书,却讨厌人家读书,这是第三件矛盾。"

第二流中的高手

世人评论温峤,说他是"渡江名士中第二流之佼佼者"。温峤为之耿耿于怀。每次听人评论人物,当第一流快要谈完的时候,温峤总是脸色很难看。

布衣宰相可恨

何充做宰相时,人家讥笑他所任用的人太过庸杂。阮裕听了,慨然说道:"何充自不致如此,但是他以布衣之身居宰相之位,未免太可恨!这样的话,我辈将在何处讨生活!"

> 魏晋时期,世族与寒门的界限很严。所以阮裕才会这样咬牙切齿。

阮裕兼四大名士之美

当时人称道阮裕:"骨气不如王羲之,简秀不如刘惔,温润不如王蒙,思理细致不如殷浩,但兼有四人之美。"

我与我周旋

桓温年少时,和殷浩齐名,常有竞争之心。

有一次,桓温问殷浩:"你我相比如何?"殷浩说:"我和我自己周旋多年,我还是宁愿做我。"

我们都是第一流

桓温到京师来,问刘惔:"听说最近会稽王清谈极有进步,真的是这样吗?"刘惔说:"不管他怎样进步,都是第二流而已。"桓温说:"那么谁是第一流?"刘惔说:"我们都是第一流。"

殷浩捡竹马

简文帝执政时,引殷浩做扬州刺史,以对抗荆州刺史桓温,桓温根本就不把殷浩放在眼里。

殷浩兵败被废以后,桓温对左右说:"小时候,殷浩和我一起骑竹马,每次我一丢掉,他就去捡起来。这样的人,哪能比我强!"

宁为管仲

王珣问桓玄:"商纣无道,把箕子留下来做奴隶,比干苦谏而被杀。这二人用心相同,但做法不同。不知道你认为谁对谁错?"

桓玄说:"这二人都被称为仁人君子,但我宁可做管仲,不做箕子,也不做比干。"

刘惔理胜，王蒙辞胜

刘惔到王蒙家清谈，那时王修才十三岁，靠在床边听。

刘惔走后，王修问："阿爹，你们谈得怎样？"王蒙说："辞色优美，声调好听，他不及我。但是，话一出口，便命中要害，我又不如他。"

桓温不喜人学舌

有人问桓温："谢安和王坦之二人优劣如何？"桓温正想说，忽又住口不语。过了一会儿才说："你这人喜欢学舌，我不能告诉你。"

死活人和活死人

庾冰说："廉颇、蔺相如虽然死了千年以上，但凛凛有生气。曹蜍、李志虽然活在现代，却奄奄一息如死人。假使人人都如曹、李一般鲁钝，天下虽可结绳而治，但到头来恐怕都被狐狸吃光了！"

嵇公要勤着脚

郗鉴问谢安："支道林法师清谈，比起嵇康如何？"谢公笑道："那嵇康要赶紧加快脚步，才能逃得掉。"又问："殷浩比林法师怎样？"谢公说："殷浩滔滔不绝，林法师很难有开口的机会；但林法师一开口，神机妙悟，殷浩便难以招架。"

谢安人情难却

谢安受庾亮提拔才下山，后来王献之问他："林法师比庾公如何？"谢安很不愿回答，过了一会儿才道："前贤完全没有评论过。我想庾公自是压倒林公吧！"

吉人之辞寡

王徽之兄弟三人找谢安聊天。王徽之、王操之多谈俗事，王献之则只寒暄一下而已。

三人离去后，客人问谢公："刚才三兄弟如何？"谢公说："小的最好。"客人说："怎么知道？"谢公说："吉人之辞寡，躁人之辞多。"

外人哪得知

谢安问王献之："你的书法比起令尊如何？"王献之说："我们父子的书法本来就不相同。"谢公说："外人的评论可绝不是这样啊！"王说："外人哪里知道！"

> 王献之，是大书法家王羲之的儿子。献之善于隶书，字画秀媚，妙绝时人。

相如潇洒

王徽之、王献之兄弟共读嵇康的《高士传》。王献之特别欣赏"井丹高洁"的故事,王徽之却说不如"相如慢世"的好。

井丹博学高论,披褐遨游。当时宦官在朝廷气焰凌人,对井丹却礼遇有加,任其去来。

司马相如文才高妙,见富人卓王孙的女儿文君新寡,便以琴音挑逗她。文君便与相如私奔。卓王孙大怒,不肯资助他们结婚,相如便在临邛开了一家小酒店,文君当垆,相如穿着犊鼻裤洗涤碗碟,潇洒不拘。

> 相如慢世,"慢世"指洒脱不拘。
> 犊鼻裤,是一种短裤,原是贱者之服。魏晋名士夏日喜穿犊鼻裤,表示洒脱。

韩伯门庭萧寂

有人问袁恪之:"殷仲堪比韩伯如何?"袁答道:"对于义理的领略,二人不分高下。但韩伯门庭萧索,寂无车马迹,居然还是不减名士风流,这点殷仲堪不及韩伯。"

后来,殷仲堪作《韩伯诔文》说:"荆门昼掩,门庭晏然",也是深自感愧。

王桢之胸有成竹

桓玄做太尉，大会朝臣。众人刚刚落座，桓玄便问王桢之："我比你家七叔如何？"

王桢之是王徽之的儿子，他的七叔便是王献之。桓玄这样突兀一问，众人无不屏息，暗暗为桢之捏一把冷汗。王桢之却徐徐答道："家叔乃是一时之标，公是千载之英，岂能相比！"四座为之欣然。

樝梨橘柚，各有其美

桓玄问刘瑾："我比谢安如何？"刘瑾答说："你是高峻，谢安深沉。"又问："比贤舅子敬（王献之）如何？"刘瑾说："樝梨橘柚，味道不同，但都可口。"

"樝梨橘柚"是《庄子》的典故。樝子即山楂，一种又酸又甜的果子。

伊窟窟成就

王坦之雅贵有识量，有人把他比作谢玄。谢玄听了，说道："伊窟窟成就。"意思是说他的成就十分突出。

竹林无优劣

谢遏诸人，共同讨论竹林七贤的高下。谢安知道了，便说："前辈全不褒贬七贤。"意思是讲：你们不要信口雌黄。

规箴篇第十

东方朔妙计

汉武帝的乳母,有一次犯了罪,武帝想治她。乳母便向东方朔求救。东方朔说:"这件事不可使用口舌来解决。如果要寄望于万一的话,待会儿圣上找你去问话,在你要离开的时候,你不妨频频回顾,但须切记:绝对不要说话。"

乳母去见武帝,东方朔正站在旁边。他故意对乳母说道:"你真糊涂!圣上哪能记得小时候你给他吃奶的事呢!"武帝一听,顿觉不忍,当下便赦免了乳母。

京房以古喻今

京房是研究《易经》的大学者。

有一次,他和汉元帝讨论往事,问元帝:"周幽王、周厉王为什么会灭亡?他们任用的是些什么人呢?"元帝说:"他们任用的人不忠。"京房说:"既知不忠,又为什么要任用他呢?"元帝说:"亡国之君,都自以为所任用的都是贤人,哪里会知道他们不忠?"京房一听,立刻走上前来向元帝叩头,说:"我唯恐后人看我们现在,也像今天我们看古人一样啊!"

陈元方大丧蒙锦被

陈元方遭遇大丧，哀毁骨立。他的母亲在他睡觉的时候，偷偷地给他盖上锦被。

这时候，郭泰刚好前来吊丧。郭泰一见，便说："你们陈家负四海众望，一言一行，都有人在注意，为什么今天遭遇大丧还盖上锦被？孔子说过：'衣锦食稻，于汝安乎！'"说罢，拂袖而去。

自此以后，约有一百多天，陈家没有宾客上门。

陆凯面折孙皓

孙皓问丞相陆凯："你们宗族在朝廷做官的共有多少人？"陆凯回答："二相、五侯、将军，共十多人。"孙皓说："那真是繁盛的家族。"陆凯答道："君贤臣忠，那么国家就会富强；父慈子孝，那么家族就会繁盛。当今政荒民穷，岌岌可危，岂敢说是繁盛！"

陆凯耿介有大将之风，因其宗族强大，孙皓拿他无可奈何。

管辂卜卦知机

何晏、邓扬请管辂卜卦，看他们是否能位列三公。管辂看了卦象以后，便引古为喻，劝他们要谨慎小心。邓扬一听，便不耐烦了，说："这不过是老生常谈。"何晏却说："预知先机，迹近神明，古人以为难；交浅而言深，引喻以为戒，今人以为难。管君能尽古今之难，岂可说是老生常谈！"

卫瓘装醉吐真言

晋惠帝做太子时,朝廷上下都知道太子痴愚,不能继承大统,但一时难以向武帝明言。

有一次,武帝在陵云台上和卫瓘一起喝酒。卫瓘便装醉跪在地上,欲言又止。武帝说:"你有什么话要说吗?"卫瓘便又用手摸着床(暗指御座)说道:"可惜!可惜!"武帝一看,终于明白了过来,就故意大声说道:"你是真喝醉了吧!"

王衍秀才遇兵

王衍的妻子郭氏,笨拙暴躁,对金钱贪得无厌,常常非法图利。王衍一时拿她无可奈何。

后来,王衍听说京都大侠李阳是太原人,郭氏也是太原人,而郭氏很怕阳。于是王衍便对妻子说:"你要再这样下去,不但我不答应,李阳也不会答应。"郭氏一听,才赶快收敛起来。

拿开阿堵物

王衍好尚玄远,对于自己妻子的贪财好利,十分瞧不起。因此,在平时生活中,他绝口不提"钱"字。

他的妻子看在眼里,很不服气。有一天晚上,王衍睡觉以后,她就叫婢女把钱一串一串地绕满整个床边,使王衍下不了床。

第二天,王衍起床一看,见床的四周都布满了钱,心中已知是怎么一回事,便对婢女说:"举阿堵物却!"意思是说:"把这些东西拿开。"仍然不提"钱"字。

阿堵，是魏晋俚语。

王澄跳窗逃走

王澄是王衍的弟弟。他十四五岁时，见嫂子郭氏对金钱贪得无厌，并叫婢女在路上挑粪，心中很生气，便用种种理由出来劝阻。

郭氏一听，勃然大怒，说道："你妈临死的时候，是把你交给我，不是把我交给你！"说着，就去拉王澄的衣襟，准备揍他。王澄力气大，用力一挣，便跳窗跑了。

元帝断酒

晋元帝渡江以后，仍然贪酌杯中物。王导常流泪苦劝，最后才答应不喝。于是叫人斟酒一杯，元帝呷了一口便把杯子扣在地上，从此遂断酒。

张闿私做都门

晋元帝时，张闿做法官，为了对付群小，便在自己所住的市坊墙上，私做一大门，以便随时出入。当时坊市自有公门，不得任意做私门出入。

群小见张闿私做大门，早闭晚开，大为愤怒，便向州府控诉。州府不理，群小又去挝登闻鼓喊冤，朝廷还是不受理。

有一天，太常贺循出门来到破冈，群小连名上诉。贺说："我只是朝廷礼官，不管此事。"群小素知贺循方正，便又连连叩头说："太常若不受理，就再也没地方投诉了。"贺不答，只叫他们暂时先离去。

张闿听说群小向贺循控诉自己，心知依贺循的脾气必然会过问。于是张闿叫人把私门毁了，并亲自到方山附近去迎接贺循。贺说："有一件事想和你私下谈谈。这事与我没有什么关系，只是看在你我情面上，我颇感惋惜。"张一听便谢罪道："多蒙教诲，该门早已毁去。"

"登闻鼓"悬于朝堂门外，百姓如有谏议，或冤抑，可以击鼓上闻，称为登闻鼓。

"太常"是礼官，掌宗庙礼仪，不过问政事。

庾翼想做汉高祖

庾翼镇荆州，据上流、拥强兵，便有野心。有一次，他私会群僚，问："我想做汉高、魏武，你们认为怎样？"一时座上无人敢回答。这时，江虨正在座，便站起来说："望明公做齐桓、晋文之事，莫做汉高（刘邦）、魏武（曹操）。"

桓温察察为政

桓温镇荆州时，谢尚在江夏。桓温派罗君章前往江夏考察。罗到江夏后，完全不过问政事，只到谢家去盘桓饮酒，过了几天就回来了。

桓温问:"江夏的事怎么样了?"罗君章说:"不知明公认为谢尚这个人怎么样?"桓温说:"谢尚自是胜我多些!"罗说:"那很好。所以我到江夏什么都没问。"桓温大为称奇。

莫倾人栋梁

王导、郗鉴、庾亮相继谢世以后,朝野忧惧。后来因为陆玩有德望,便拜他做宰相。

陆玩为相后大会宾客时说:"朝廷任用我为宰相,这是证明天下无人了!"这时有一个宾客便拿起一杯酒,洒在梁柱上,祝告说:"柱子啊!不要倒了人家的栋梁啊!"陆玩大笑说:"多谢你的好意!"

交情不终

王羲之和王脩、许珣相知。王、许二人死后,羲之对亡友的论议却越来越苛刻。孔岩听了便对羲之说:"从前你们三人在一起的时候,情好日密。现在王、许不幸早逝,你便对他们这样刻薄。交情不终,令人遗憾。"羲之听了大为惭愧。

逃亡不忘玉镫

谢安很爱谢万,但心知谢万将来必败。

有一次,谢万北征,在寿春大败。在他要逃亡的时候,还到处寻找他那玉做的马镫。谢安当时随行在军中，见了谢万那副狼狈样，只轻轻地说：“现在还急需这个东西吗？”关切之情，溢于言外。

兄弟英才

王珣、王珉是两兄弟，二人并为俊才，但王珉的声望比王珣要高。

有一次，王珉劝王珣说：“你对于人伦的品鉴，虽然不坏，但又何必常与僧弥周旋？”

王珉，字僧弥。

看人只见半面

殷顗病重，卧床不起，看人只能见半面。

那时殷仲堪正想举荆州之兵，东下石头城。于是殷仲堪去探望殷顗，流泪话别。殷顗却说：“我的病自然会好，你自己多多保重吧！”

慧远庐山讲经

慧远在庐山，年纪已老仍讲经不辍。弟子中有些懒惰的，远公便对他们说：“我是桑榆之光，无力返照。你们像东升的太阳，应该大放光明啊！”说完，便又登座讲经，辞色清苦。远公的高足，见师父已如此吃力，为之感动不已。

红绵绳缠腰

桓玄好打猎。每次出猎,旌旗都长达五六十里。到达猎区后,便施两翼包围,自己则策马如飞,不避高低。

桓玄打猎的时候,如果发现行阵不整,有鹿兔脱逃,便会大发脾气,把左右参佐都用粗麻绳绑起来。

桓道恭和桓玄同族。每次追随桓玄出猎,都用红绵绳缠在腰上。桓玄看了很奇怪,就问道:"你这是干吗?"道恭回答说:"你打猎喜欢把人绑起来,麻绳这么粗,上面又有刺,我怕受不了,所以自己预备了绳子。"桓玄大笑,从此脾气改了许多。

王绪、王国宝一狼一狈

王绪、王国宝因为邪佞亲幸,而狼狈为奸。王忱很看不过去,便劝告他们说:"你这样气焰炎炎,难道不怕狱吏之贵吗!"

"狱吏之贵"是周勃的故事:汉丞相周勃,有一次被人诬告谋反。文帝就下令把周勃交付廷尉审问。周勃入狱后,狱吏知他必死,动不动便来侵犯侮辱。周勃大感吃不消,只好以千金重价收买狱吏。狱吏满足以后,才提示他让他儿媳妇(某公主)作证,便可脱罪。周勃出狱以后,对家人叹息道:"我从前只知带兵百万之威风,哪知狱吏之贵如此!"

捷悟篇第十一

门上题"活"字

曹操做宰相的时候,有一天亲自去看相府施工的情形。他在大门前站了一会儿,便叫人在门框上写了个"活"字,写完一句话也没说就走开了。杨修那时是相府的秘书,他一看,便叫工人把门改小。人问为什么?杨说:"门中加活字,便是阔字。魏王是嫌相府的门太大了。"

一人一口酪

有人送曹操一瓶酪,曹操喝了几口,便在盖子上面题一个"合"字。众人都不解。

杨修一看,便把酪打开来,喝了一口,然后说道:"魏王叫大家一人一口酪,你们还等什么!"

曹娥碑绝妙好辞

曹操有一次路过曹娥碑,见石碑背面题有"黄绢、幼妇、外孙、齑臼"八个字。他就问杨修说:"懂不懂?"杨修说:"懂。"曹操说:"你先不要讲,让我想想看。"骑着马走了三十里,才说道:"我懂了。"于是叫杨修把他猜的意思记下来。

杨修说:"黄绢,色丝也,是个'绝'字。幼妇,少女也,是个'妙'字。外孙,女子也,是个'好'字。齑臼,受辛也,是个'辞'字。合起来便是绝妙好辞。"曹操一听,和自己的意思正好相符,便叹说:"我的才情不及你,相差三十里。"

《世说》原文:"我才不及卿,乃觉三十里。""觉"是"较"的假借字,六朝人常常这样用。"较"是"差"的意思。

王导机悟

王敦引兵将入建康城,明帝令温峤烧断城南的朱雀桥。温峤未将其烧断。明帝一时大怒,左右莫不失色。

明帝下令,召集朝臣。温峤到后,一见明帝脸色,吓得不敢向前谢罪。这时,丞相王导刚刚进来,立刻脱了鞋子,跪在地上谢罪说:"请陛下息怒,使温峤得以谢罪。"温峤乘机下跪,明帝脸色才逐渐缓过来。

郗嘉宾料事机先

郗愔在京口掌握精兵,桓温对他十分厌恶,愔仍不自知。

郗愔有一次派人送一封信给桓温,说要和桓温共扶王室,恢复神州。使者在路上刚好碰到了郗愔的儿子嘉宾。嘉宾把信拆来一看,大为吃惊,便把信寸寸毁去,另外代他老父修书一封,自陈老病不堪,请归会稽休养。桓温看了大喜,立刻把郗愔调往会稽,使他以山水自娱。

夙慧篇第十二

食糜亦可

有客人到陈太丘家夜宿,太丘让元方、季方去烧饭吃。二人生了火以后,听见客人和太丘在厅上议论,便偷偷躲在一边听。

过了不久,太丘问:"饭煮得怎么样了?"二人跑去一看,饭已烧成稀烂,便只好照实说了。

太丘也不责备,只是问:"你们听得懂吗?"二人说:"大致不差。"然后争相讲述一遍。太丘叹道:"能够这样有心,就算吃稀饭也不要紧。"

王宫不是何家

何晏的父亲早死,母亲尹氏十分端丽,被曹操选作夫人,因此何晏一直在宫中长大。

何晏七岁时,聪明秀丽,深为曹操所钟爱,好几次想把他收为自己的儿子。何晏听说曹操想把他收归曹家,便在地上画了一个方形的格子,自己坐在中间。有人问他:"你这是干吗!"他说:"这是何家的房子啊!"曹操知道这事之后,心知何晏不肯,便把何晏送出宫去了。

长安远不远

晋明帝小时候坐在元帝膝上。有人从长安来，元帝便问些消息，边听边流泪。明帝问道："你为什么哭呢？"元帝便把渡江的事说了。

然后，元帝故意问他说："你知道长安和太阳，哪个比较远吗？"明帝说："太阳远哪。只听说有人从长安来，没听说有人从太阳那边来，就可以知道了。"元帝很惊讶。第二天，大会宾客，元帝把昨天的事说了一遍，又故意再问明帝。不料明帝这回居然答说："太阳近哪！"元帝大惊，便问："你怎么说的话和昨天不一样呢？"明帝说："我抬头就看见太阳，却看不见长安哪！"

既着短衣，不需夹裤

韩伯小时候，家里很穷。有一次大寒，母亲替他缝制了一件短衣，叫他拿熨斗来烫。

殷夫人对韩伯说："你且先穿上短衣，改天再替你做夹裤。"韩伯却说："阿母，我不需夹裤。"母亲问为什么？他说："我刚才拿熨斗，炭火在斗中，柄就热了。今已穿上短衣，还需夹裤吗？"他母亲听了非常惊奇，知道他将来准是个治国的人才。

躁胜寒，静胜暑

晋孝武帝小时候，冬天白日穿单衣，夜晚就盖上好几层棉被。谢安劝他说："陛下这样，白天太冷，夜晚太热，不合养生之道。"孝武说："夜里很静，心也很静，就不会热了。"

豪爽篇第十三

王敦鼓技卷人神魄

大将军王敦小时候像个田舍郎，说话也带着南音，很让人家瞧不起。

有一次，晋武帝唤时贤共话技艺。大家都在七嘴八舌地凑热闹。王敦却坐在一边，眼色很瞧不起他们。武帝问他："你不喜欢这些吗？"王敦说："我只会打鼓。"武帝说："好。"就叫人把鼓拿来。

王敦心中厌恶诸贤纸上谈兵，自命高雅。当下便捋起衣袖，拿鼓槌举上半空，突然凌空下击，鼓声绵密利落，如天风海雨，卷人神魄，四座无不骇然快意。

放婢妾如放鸽子

王敦曾一度极爱女色，身体为之劳悴。左右劝他不要这样放纵。王敦说："我竟不自觉啊！但这个好办。"说罢，就把后院的门打开，把婢妾数十人叫出来，请她们上路，随她们要去哪里。时人都叹服他的果断爽快。

王敦酒后敲唾壶

王敦每次酒后,便高唱"老骥伏枥,志在千里,烈士暮年,壮心未已。"一边唱,一边用如意敲打珊瑚唾壶作节拍,壶口都被打缺了。

祖约厉折阿黑

王敦将带兵东下石头城,先派使者入京,叫时贤好好各做准备,不要临时后悔。祖约一听大怒,在使者面前破口大骂:"你给我告诉阿黑(王敦小字阿黑),少狂妄!叫他赶快回去,如果他不听我的话,我立刻带三千兵,用八尺的长矛,送他上路!"

庾翼意气十倍

庾翼镇荆州,常有北向中原之心。后来和朝廷几经折冲,才得成行。

庾翼集荆州之精锐,大会于襄阳。在要出发的时候,庾翼向各将校亲授弓箭,并大声说:"我们这次出师,就像这支箭!"说罢,向空中连射三发,意气十倍。

桓温怒掷《高士传》

桓温有一次在读皇甫谧所作的《高士传》。当读到陈仲子的故事时,桓大怒,把书用力掷在地上,骂道:"哪能这样苛刻,不近人情，真正岂有此理！"

原来，陈仲子的故事中说：陈仲子是齐人，至贫。他的哥哥做宰相，列鼎而食。仲子认为不义，便去吃野草。有回去看母亲，母亲煮鹅肉给他吃，正吃到一半，才知道这只鹅是哥哥送的，便哇地一口把鹅肉吐在地上。楚王请他做宰相，陈仲子却连夜逃去，替人种花灌园。

看了这么个不近情理的故事，难怪桓公大怒！

桓镇恶吓走疟疾鬼

桓石虔小字镇恶，十七八岁时，小孩都已叫他镇恶郎。

有一次，他在桓温斋筵上吃斋，斋后便随桓温北征。河南枋头一役，桓温大败，车骑将军桓冲被俘。

桓温对石虔说："你叔叔已落贼手，你知道吗？"石虔大怒，带兵上阵，拼死从万军之中把桓冲救了回来，三军遂服其胆色。

此后，河朔地区便以桓石虔之名断疟疾。

俗传疟疾的鬼很小，害怕巨人、君子，所以患疟疾的人，只要叫一声"桓石虔来"，疟鬼便被吓跑了。

王胡之高唱《九歌》

王胡之在谢安家高唱《离骚·九歌》："入不言兮出不辞，乘回风兮载云旗。"唱完后满意地说："司命之神来去飘忽，乘风载云，令人神往。"回头一望，座上已无半个人影。

容止篇第十四

捉刀人乃真英雄也

有一次匈奴使者来拜见魏王曹操。曹操个子矮小,姿貌绝丑,自认为颇拿不出去,便叫崔琰来代替。崔琰坐在榻上,眉目疏朗,须长四尺,极有威严。曹操替他挎刀,站在旁边。

匈奴使者来参谒走后,曹操派探子问使者:"你看魏王怎样?"使者说:"魏王名望甚好,但依我看,床头捉刀人乃真英雄也!"

魏王听了,立刻派人追杀匈奴使者。

何晏面如傅粉

何晏姿貌秀丽,面白如傅粉。魏文帝有点儿怀疑。

有一次,在夏天的时候,文帝故意给他热汤饼吃。何晏吃了以后,满身大汗,便拿袖子去擦脸,越擦脸色越是晶莹。

嵇康萧萧肃肃

嵇康身材高大,风姿特秀。山涛说:"嵇康像是一棵孤挺的松树,他大醉的时候,便像一座玉山似的倒了下来。"

王戎视日不眩

裴楷说："王戎眼神清澈，如碧岩下的一道白光。"

绝美绝丑

潘岳姿容秀美，少年时，常衣着华丽，挟弹弓出洛阳道上，妇人少女遇到他，莫不联手把他环抱起来。

左思容貌绝丑，也想模仿潘岳挟弹遨游，但妇人都对他乱吐口水，弄得左君只好一阵悲愤，落荒而走。

王衍手指晶莹如玉

王衍姿貌妍丽，妙于清谈，手上常拿着白玉柄的拂尘。他的手指和白玉柄看上去没什么分别。

裴楷粗服乱发皆好

裴楷姿貌俊逸，粗服、乱发都很好看。时人说看见他来，如在玉山上行走，光彩照人。

刘伶土木形骸

刘伶身材矮小，形貌绝丑。但他悠然自得，常以为天地太窄狭。

卫玠先天不足

王导见了卫玠,说道:"居然这样苗条,虽然整天服寒食散调养,仍然像是不堪罗绮。"

"不堪罗绮",是说穿上最薄的罗绮,仍觉不胜负荷。

庾冰腰围壮阔

庾冰身长不满七尺,但腰围壮阔,肚子像山崩似的垂挂下来。

看杀卫玠

卫玠素有"璧人"之称,有一次他从南昌去石头城,城中人久闻其名,一时前来观看的竟围成人墙。卫玠本就先天不足,苗条娟秀。他被人墙围住以后,不堪劳累,回去不久就病死了。那时人便相互传说"把卫玠看死了"。

庾亮丰采如玉

苏峻在历阳山头作乱,引兵直逼石头城。这是庾亮一时粗心所引起的变故。所以,城破之日,温峤劝庾亮和他共同投奔荆州刺史陶侃处求救,庾亮便深有戒心。

二人到荆州后,温先去见陶公,陶公怒说:"苏峻作乱,诸庾要负责任,现在即便是杀了庾家兄弟,也不足以向天下人谢罪!"

庾亮听了这消息，惶恐无计。

隔了几天，温峤又来劝庾亮："傒狗（陶公小字）的脾气我摸得很清楚，你不必害怕，明天跟我去，包你没事。"于是，庾亮只好硬着头皮去见陶公。陶公一见庾亮姿彩，顿然改观，说道："庾公也来拜陶某吗？"

王恬才貌不相称

王恬姿容美秀，有一次去问候王丞相起居，王导拍着他的肩膀说："阿奴可爱，只恨才不相称。"

杜乂神仙中人

王羲之见了杜乂，叹息着说："面如凝脂，眼如点漆，真神仙中人！"有人说王蒙亦形貌清澈，蔡谟却说："只恨那些人没有见过杜乂。"

桓公须如猬毛

清谈名家刘惔见了桓温，大为叹赏，说："桓公须如反猬皮，眉如紫石棱，自是孙仲谋、司马宣王一流的人。"

　　孙权，字仲谋，司马宣王指司马懿，二人都是有大野心的人物。

支道林形貌丑异

王蒙有一次病了，无论亲疏，一律不准通报。忽然守门人来报告说："门外有一异人，不敢不报！"王蒙笑道："此必林公来了！"

天际真人

桓温说："谢尚在北窗下弹琵琶，使人作天际真人想。"

不复似世中人

有一次，王蒙在大雪中去造访王洽。王洽远远望见他，叹道："此人已不像是尘世中人！"

自新篇第十五

周处除三横

周处年少时，凶横霸道，常侵暴吴兴乡里。吴兴附近的义兴，山中有一只恶虎，水中有一只蛟，出没无常，伤害人畜，于是当地人把他们称作"三横"——三个凶暴的家伙。

周处听说附近有虎蛟，颇侵占自己的地盘，便去寻它们晦气，打算先入山刺虎，再下水斩蛟。他杀虎之后，下水和蛟恶斗，三天两夜不曾上岸，乡里奔走相告，以为周处必与蛟同归于尽。不料三天后，周处居然杀蛟登岸，百姓大骇，纷纷走避。

周处到了中年，见乡里无不怕他，而吴郡大族的陆机、陆云却受人敬仰，望重江南，一时颇有悔意，于是他径往陆家寻陆氏兄弟。

周处见了陆云，叹息道："我从前以为，人人怕我，我便是英雄，今已知过，奈何岁月已逝！"陆云说："丈夫只患大志不立，如果立志坚定，何愁不有建树！"周处大喜，下拜，后遂成豪杰。

戴渊投剑折节

戴渊少年时，经常带凶器横行江淮一带，攻掠商旅。

有一次，陆机赴洛阳，行装豪丽。戴渊一见，说是肥羊来了，便叫手下少年动手。

　　陆机站在船头,见岸上有一豪士,高据胡床上,峰颖逼人,指挥恶少,定力十足。陆机大声喝道:"兀,那个鸟,既是英雄,又怎么做这路买卖!"一句话触动戴渊心事。戴便向陆机走来,说道:"若蒙不弃,我便折剑下山。"二人遂定交。

　　陆机后来推荐戴渊在洛阳做官。渡江以后,戴渊官拜征西将军。

　　　　"投剑",是指弃剑。"折节",是指改变从前的行为。

企羡篇第十六

王导超拔

王导拜司空以后,有一天桓温故意梳了两个发髻,穿上葛衣,装作百姓模样,拿一支手杖,在路边偷看王导的丰采。桓温叹息道:"人说阿龙超拔,阿龙自是超拔!"

王导,小字阿龙。

《兰亭集序》

王羲之的《兰亭集序》完成后,有人将其比作《金谷诗序》,又把羲之比作金谷园主石崇,羲之大有得意之色。

伤逝篇第十七

吊客作驴鸣

王粲字仲宣,生前好听驴鸣。他死的时候,文帝曹丕亲率宾客送葬。

下葬之后,文帝回顾往日旧游叹道:"仲宣生前好听驴鸣,今不幸早逝,诸君何不各作一声驴鸣以送行!"于是赴吊宾客一一作驴鸣。

竹林已成梦

王戎做尚书令的时候,有一天公服乘车,路过黄公酒垆,那时嵇康、阮籍已相继谢世。

王戎触景伤情,便回头对人说道:"往日常和嵇叔夜、阮嗣宗在此酣饮。自二公谢世以来,为俗事所缠,已多时不游此地,竹冰旧梦,已不可寻。"

嵇康,字叔夜。阮籍,字嗣宗。

诸君不死

孙楚有才情，一生只推服王济。王济死的时候，宾客都来送葬。孙楚后到，临尸恸哭，赴客为之挥泪。孙楚哭后，又对灵床祝道："生前你最喜听我作驴叫，我现在叫最后一次为你送行！"说罢便作驴叫，动作逼真，吊客忍不住一起笑了起来。孙楚眼珠一瞪，骂道："就是因为你们这些人不死，武子才会早死！"

王济，字武子。

情之所钟

王戎丧幼子。山简前往慰问，见王戎悲不自胜，便说道："孩抱之物，何至于此！"王戎叹道："圣人忘情，最下不及于情。情之所钟，正在我辈。"山简听了，为之悲恸不已。

卫玠改葬江宁

卫玠在永嘉六年死的时候，葬在南昌。咸和时期，王导说："卫玠风流名士，海内仰望，自当修三牲之礼，予以迁葬。"于是改葬江宁。

故物长在

王蒙临死前，在灯下不断转动拂尘，依依不舍，叹道："我竟活不过四十岁！"说罢，气绝。

刘惔与王蒙是至交，二人灵犀相通。临殡，刘以犀柄麈尾一支插入灵柩，身子一仰，便昏倒在地。

知己只有一个

支道林和法虔是同学。二人情谊相通。法虔死后，林法师便不再说话。只是有一次叹息道："郢人去世，匠石便抛了斧头，终身不再用它。今契友既亡，中心郁结，我恐怕也将不久人世了！"过了一年，林法师便下世了。

"匠石废斧斤"的故事，见《庄子》。有一次，郢人在刷白灰的时候，有一滴白灰落在鼻尖上，便叫身边的匠石拿斧头把它砍掉。匠石运斧如风，把白灰砍得干干净净，郢人一动也不动。后来宋元君把匠石找来，说道："我把白灰涂在鼻尖上，让你砍一砍，好不好！"匠石说："那不行。自从郢人死后，我早就把斧头丢了。"

林法师墓木已拱

支道林死后，葬在石城山上。

有一年，戴逵路过林法师墓，见高坟荒凉，不觉叹道："你的德音还在人间，墓木却可合抱了。只望你的英灵长在，不要和气运一起消失啊！"

人琴俱亡

　　王徽之、献之两兄弟，一起病重，而献之先死。

　　徽之知弟已去，便要求坐车去奔丧。献之生前喜欢弹琴，把琴就放在灵床上。徽之来到，并不哭，只直上灵床，取琴便弹。琴弦很久没调了，徽之一抚便叹道："子敬、子敬，人琴俱亡！"说罢，把琴一抛，恸哭失声。

　　过了一个月，徽之便也随之谢世。

栖逸篇第十八

登苏门山长啸

阮籍善啸,声闻数百步之外。

有一次,他听采樵的人说,苏门山(太行山)中有真人,便独自前往看看。到了山中,果见一异人蹲在岩前。阮籍就和他相对蹲在那里。

阮籍先是开口谈些黄帝、神农的故事,再谈些三代的盛德,那人一概不答。于是便谈些导引服气之术,那人竟看也不看阮籍一眼。

这时候,阮籍蹲在地上突然引声长啸。过了许久,那人才笑说:"你再啸。"籍便婉转作啸,至兴尽为止。

阮籍见那人还是不讲话,便抬脚下山。刚到半山腰,岭上轰然作响,林谷回应,像好几部鼓吹一样。阮籍抬头望去,正是那人在长啸不已。

孙登保身之道

嵇康在汲郡的一座山中,遇见道士孙登,便和他盘桓数日。

嵇康临走时,孙登对他说:"君才情罕见,可惜保身之道不足。"

孔愉自箴自诲

孔愉入临海山修道，常独寝独啸，自箴自诲。百姓以为他有道术，生前便为他立庙，称为"孔郎庙"。

刘驎之读史传自娱

南阳刘驎之喜读史传，隐居阳岐山中。桓冲镇荆州时，偶与他往来。

苻坚引兵窥江南时，桓冲派人请驎之助阵，驎之亲自前往见桓冲，自陈野人无所用。桓冲对他很敬重，赠物甚多，驎之一概不受。

驎之隐居之地，近路边，往来人士，常投他家住宿。离驎之约百里之地，有一老妪将死，说道："大约近日只有驎之会来收埋我吧！"

范宣生不入公门

范宣一生不肯入公门。有一次韩伯和他同车，想故意诱他入郡中公府，范便趁韩伯不留意时，在车后溜了。

戴逵不做王侯伶人

戴逵隐居东山，以琴书自随。他阿兄则立志功名。谢安说："你们兄弟，志业何太悬殊？"戴逵说："下官不堪其忧，家兄不改其乐。"

贤媛篇第十九

昭君顾影徘徊

汉元帝的妃嫔很多,便叫画工一一画下来。如果要找哪个妃嫔,只要看图挑选就可以了。因此,妃嫔多贿赂画工,希望把自己画得好看些。

妃嫔之中,有个叫王昭君的,姿貌秀丽,不肯出钱贿赂,画工就把她画得很丑陋。

后来,匈奴求和亲,元帝按图一看,便叫昭君出嫁。临行,昭君向汉元帝辞别。元帝一见大为怜惜,但名字已定,不好再改,于是昭君便嫁给了呼韩邪单于。

班婕妤不佞鬼神

汉成帝既宠幸赵飞燕,飞燕妒忌班婕妤,便向成帝进谗,说班婕妤用厌胜咒诅皇上。

班婕妤被收捕拷问时,坦白说道:"如果鬼神有知,他会接受我这样邪恶的祝告吗?如果鬼神无知,我向他祝告又有何用?所以我绝不做这样的事。"

"厌胜",是一种蛊道邪术。

不做好、不为恶

赵母嫁女，临别的时候，对女儿说："你嫁出去以后，不要做得太好，太好人家会妒忌你。"女儿说："不要做太好，便做坏一点吗？"赵母说："坏事又哪能做呢？"

赵母的话发人深省：坏事不能做，好事也不能做得太好。

君只好色而已

许允娶妻阮氏，容貌奇丑，因此夫妻交拜完毕，许允便逃出洞房，不肯进去。

这时候，刚好桓范来访。桓听说许允不敢回洞房，大笑，然后说道："我想阮家把这样丑的女儿嫁给你，其中必有深意。"许允被他一言说动，殊感好奇，便入内探视。

许允刚一进去，见妇人实在太丑，便拔脚想退出来。妇人知道许允这一走，九头牛都拉不回，便用手一抄，把许允的衣襟捉住了。

许允一看，逃不掉了，灵机一动，便道："妇有四德，你有哪样？"妇人说："除了妇容以外，样样都有。但士有百行，你有哪样？"许允便赖皮道："样样都有。"妇人说："休来骗我。百行以德为先，你只好色而已，何谓样样都有？"许允不能答，只好服了。

许允妇保子有方

许允被司马景王收捕,门人告其妇阮氏。阮氏正在织布,神色不变,说道:"我早知会有此事。"

门人想把她的孩子们藏起来。阮氏说:"不用了。"不久,景王派钟会来看许允的儿子,每个都不是很聪明。钟会回报,景王便说:"放了他们吧。"其实许允的儿子并不是不聪明,而是他们的一言一行,阮氏早就暗中叮咛过了。

山涛妻夜窥嵇阮

山涛和嵇康、阮籍一见面,便臭味相投。

山公之妻韩氏感觉山公和嵇阮的交情,颇不寻常,便说:"我可以看看他们吗?从前负羁之妻,不也亲自看过狐、赵吗?"山公说:"好。"

过了几天,嵇阮二人来访,韩氏叫山公把他们留下来过夜。韩氏亲自下厨准备酒菜,然后偷偷观看他们的举动。那天晚上,只见他们杯酒交欢,清谈不倦,直到东方既白。

第二天,山公问韩氏:"怎么样?"韩氏说:"那两个人才情太高,非你所及,只能用你的度量和他们周旋。"山公说:"是呀,他们常说我的度量好。"

"负羁观狐赵"的故事,见《左传》。晋公子重耳带着狐偃、赵衰流浪到曹国,僖负羁之妻说:"我看晋公子身边的那两个随从,都可以做宰相啊!"

王浑之妻相人有术

王浑之妻钟氏，生了一个女儿很贤淑，王济想替妹妹找个好对象出嫁。

刚好有个兵家子，才情高雅，王济便向母亲报告。钟氏说："如果确实有才，门第寒微也没关系，但一定要让我亲自看看。"

后来钟氏看那兵儿果然拔萃，但骨貌不是长寿相，便说："可惜，可惜。"不把女儿许他。

过了几年，那兵儿真的死了。

娃儿取水可观

王昶之子王湛，从小有点儿糊涂，他的父亲认为他的婚事可能会有困难，便说："你随意自己去挑选好了。"

不久，王湛说："我想娶郝普的女儿。"郝家门庭孤陋，本配不上他们太原王氏，但王昶还是答应了。

郝女过门以后，不但姿貌好，而且非常贤淑。有人便偷偷地问："你当时是怎么挑选的？"王湛笑说："我看她在井上打水的背影就知道了。"

李重有女叫"绝"

李重是江夏名士，时人比作王衍。

赵王伦篡位时，孙秀做尚书令，想杀人立威，便说："乐广名望太高,不可杀;李重江夏名士,也不可杀。但声望比李重低的,杀了又有什么用?"于是决定逼李重自杀。

李重在家,忽然有人来,从发髻中拿出一封短信给他看。李重知道有事,便把信拿给女儿看,女儿看了只是叫"绝"。李重明白了,便自裁而死。

李重的女儿,自小聪慧,李重视之如掌珠。

周浚行猎遇奇女

周浚做扬州刺史时,有一次出外行猎,遇上暴雨,便就近造访汝南李氏。

李氏是富豪。周浚来时,刚好男子不在,李女名络秀,听说有贵人来访,便亲自指挥婢女杀猪宰羊,做数十人的饮食,屋内静悄悄不闻人声。

周浚偶然在窗中一望,见一女子状貌非常人,心中暗暗称奇。

周浚回去后,便向李氏提亲,要求那女子做妾。络秀父兄不肯答应,络秀便说:"我们李氏门望既低,不如便与他们贵族联姻,将来也好有个照应。"李氏父兄只好答允了。

李女嫁给周浚后,便生下周𫖮兄弟。有一天,她对周𫖮兄弟说:"当初我之所以嫁过来,只是为我们李家门户作打算,将来你们如果不把我们当亲家,平等往来,那我就自杀好了,没什么值得再活下去的。"周𫖮兄弟连连点头。

所以,李女在世时,周李二家,便公开地平等往来。

陶侃之母卖假发

陶侃少有志，但家极贫。

有一次，郡孝廉范逵来访，马仆甚众。陶公一时无计接待。

陶母湛氏说道："你自去留客，一切由我来办。"陶公便自去和范逵周旋。

湛氏发长委地，叫人截下来做成两副假发，卖了做米钱。把房子的柱子砍下一半做柴火。把垫子下的稻草拿来做马草。到了晚上，总算张罗了一餐精美的晚餐。

范逵在陶家，既蒙厚意，第二天又见陶侃送他到百里之外，范逵便觉得深欠陶的人情。于是到了洛阳，范就向顾荣诸名士推荐，于是陶侃声望才显。

我见犹怜，何况老奴

桓温娶南康公主，性子凶妒，使他颇吃不消。

后来桓温带兵平蜀，一见李势之妹，惊为天人，就偷偷地把她娶回来做妾，叫她住在后斋。

最初，公主还蒙在鼓里。不久，她听见风声，气得咬牙切齿，便吩咐了几十个婢女，各挟白刃前往。公主到了后斋，向窗中一望，只见李女正在梳头。

李女头发很长，拖到地上，十指如玉，在缓缓结发。她见公主来了，不慌不忙说道："我已家破人亡，活着也无生趣，你要杀我，便请动手吧！"公主见了她的模样，已看呆了，再听到她的声音，便忍不住刀子一抛，把她抱住，说道："阿子，我看到你就喜欢，何况是我家老奴才！"

"阿子"，是对女子亲昵的称呼。

谢安有妇难缠

谢安好声色，妓妾日新月盛。

有一天，谢公和诸子侄正在看妓妾舞蹈，夫人刘氏走过来对谢公说："看多了有伤令德。"说着便把帷幕拉上，无论如何就是不开。

谢安一见风头不对，就闭口不说。诸子侄兴趣正浓，便一起劝道："《关雎》有不妒之德。"刘夫人一听，诸子侄竟教训自己来了，便问道："《关雎》是谁作的？"诸子侄说："是周公作的。"刘夫人道："好哇！周公是男子，当然要说女人不妒最好。如果《关雎》是周婆作的，她还会这样说吗？"诸子侄不能答。

刘夫人走后，谢公把舌头一伸，悄悄说道："难缠！难缠！"

桓冲只好领家教

桓冲有个毛病：不喜欢穿新衣服。

有一天，他洗过澡后，妇人送来新衣服。桓冲大怒，说："拿回去！"妇人只好收了回去。过了一会儿，妇人叫婢女把新衣服又送了回来，并对他说："夫人刚才很生气，她说衣服不经新，怎么会变旧？"桓冲一听有理，只好大笑把新衣穿上了。

世说新语：魏晋名士的松弛感

韩母不厌旧物

卞鞠讨厌旧桌子，桌子一旧便换新的。

有一天，他看见韩伯的母亲靠在一张又旧又破的桌子上，便说："为什么不换新的呢？"韩母说："旧东西都扔光了，古物从哪里来呀！"

术解篇第二十

阮咸神解

荀勖善解音律,时人称为"暗解"。每次朝廷作乐,都由他调节宫商,无不谐韵。

阮咸对于音律,妙于鉴赏,时人称为"神解"。每次朝廷作乐,阮咸心中都觉得不好,因此从来不曾说过荀勖一句好话。朝廷认为阮咸是心存妒忌,就把他外放做始平太守。

后来,有一农夫在耕田时,拾得一支周朝的玉尺,便是天下正尺。荀勖拿玉尺来校对自己所制的钟鼓、金石、丝竹,都觉得短了一黍。自此,不得不拜伏阮咸神识。

荀勖吃车轴饭

荀勖有一次和晋武帝一起吃笋进饭,对人说:"此是劳薪炊也。"座上人都不相信。晋武帝暗中派人去问,回答说:"确是用旧车轴烧的饭。"

"劳薪"指车轴,因为车轴旋转不息,所以称为劳薪。"劳薪炊"是《左传》上的故事。师旷有一次和晋平公一起吃饭,他说:"这是劳薪爨。"晋平公派人去问,果然是用车轴烧的饭。

羊公折臂

有人相羊祜父亲的坟墓,说:"应出真命天子。"羊祜认为不祥,便叫人把墓后龙脉掘断。相风水的去看了看,又说:"至少还会出一个折臂三公。"后来,羊祜镇襄阳,因盘马落地,折断了一只手臂。而且,羊祜的官爵果然位至三公。

郭璞占葬龙耳

晋明帝学过占冢、占宅术。

有一次他听说郭璞为人占了一穴,就换上便服偷偷去看。

到了墓地,明帝问主人:"你们家怎会选上龙角?这种葬法会灭族啊!"主人却说:"郭璞说这是龙耳,不是龙角,葬在龙耳会招来天子。"明帝说:"你是说会出皇帝吗?"主人说:"不是出皇帝,只会使皇帝来访而已。"

郭璞破震灾

王丞相令郭璞试占一卦。郭璞一看,气色败坏,说:"丞相有震灾。"王导便问:"可以消解吗?"郭璞说:"可用柏树消解。"

于是,王导叫人砍下一根柏树,和身材一样高,放在床上。过了几天,柏树震得粉碎。王敦知道了,说:"丞相的灾是消了,柏树却无端遭了殃。"

别酒新术

桓温有一秘书,最能辨别酒的好坏。有酒开瓶,就叫他先品尝,好酒称为"青州从事",坏酒称为"平原督邮"。

青州有齐郡,齐和脐同音,所以"青州从事"是指好酒一喝便到肚脐。

平原有鬲县,鬲和膈音相近,所以"平原督邮"是指坏酒一喝到喉咙就下不去了。

巧艺篇第二十一

陵云台斜而不倒

洛阳的陵云台结构精巧，先把要用的木材称过，使铢两悉称，然后才建筑。

陵云台很高，经常随风摇动，但绝不会倾倒。魏明帝有一次登上高台，觉得很危险，叫人用大木材撑起来，楼台失去了平衡，不久便倒塌了。

书贼画魔

钟会是荀勖的堂舅，二人感情不好。

荀勖藏有一支宝剑，价值百万金。这支剑放在母亲钟太夫人的身边。钟会书法很高妙，便偷偷模仿荀勖笔迹，写信给钟太夫人，把剑骗了过来。荀勖心知是钟会所为，但是无法取回，便决心报复。

钟会兄弟花了一千万钱，盖了一栋华丽的新宅，刚刚落成的时候，荀勖偷偷跑到门堂里，画了一张太傅钟繇的画像，衣着情态一如生前。钟会兄弟进来一看，大受感动，新宅便空下来没有人住了。

顾恺之妙画通灵

顾恺之的画，妙绝一时，人也痴绝。

有一次，他把一画橱，寄放在桓玄家。橱中的画都是顾恺之最得意的珍品，所以画橱上有封签。桓玄心知橱中必非凡品，便很小心地把封签剔开，把画偷了，然后仔细地把封签复原。过了些时候，顾恺之把画橱收回，见封签完好如初，便把画橱打开一看，所有的画通通不见了。顾恺之就对人说："妙画通灵，都飞掉了。"

又有一次，邻家有一女娃儿，顾恺之很喜欢她，便去挑逗她。娃儿一扭头跑掉了。顾恺之不死心，就把娃儿的像画在自家墙上，用一根牛毛细针扎在娃儿心上。那娃儿果然每天心痛如刺。恺之偷偷和她要好，娃儿不敢不从。于是恺之把画上的针一拔，娃儿的心就不再痛了。

谢安叹息说："顾恺之的画，有苍生以来，无人有此造诣。"

顾恺之画三根毛

顾恺之画裴楷，脸颊上加了三根毛。有人问这是干什么？顾答道："人家都说裴楷有识具，这便是他的识具。"有画家细看这三根毛，果然有神。

坐隐和手谈

王坦之说："下围棋是坐隐。"支道林说："下围棋是手谈。"

顾恺之飞白画眇目

顾恺之喜欢画人。有一次他要画殷仲堪。仲堪眇一目,便说:"不麻烦了。"恺之道:"你身上特殊的就是眼睛啊!我只要明点眼珠,用飞白画法,便像是轻云蔽日一般。"

"飞白",指笔势飞举而笔画中空。

谢鲲在岩穴中

顾恺之把谢鲲画在岩石中,有人看了觉得很奇怪。顾恺之说:"谢鲲自云'一丘一壑,自谓过之',所以这种人最好把他放在岩穴里。"

"一丘一壑"的故事,见《品藻》篇第九"谢鲲一丘一壑"条。

顾恺之不点目睛

顾恺之画人,经常不画眼珠,有人说:"为什么要隔好多年才点眼珠呢?"顾说:"画人像,四肢美丑,不关神韵,传神写照,就在这一点。"

顾恺之画目送归鸿

顾恺之说:"画手挥五弦容易,画目送归鸿就难了。"

宠礼篇第二十二

领干薪的京兆尹

许珣曾在京都停留一个月,刘惔每天都去找他清谈。后来,刘惔叹息说:"你再不走的话,人家要说我这个京兆尹领干薪,不上班了。"

任诞篇第二十三

竹林七贤

阮籍、嵇康、山涛年纪一样,加上刘伶、阮咸、向秀、王戎,七人常集于竹林下,肆意酣畅,清谈不倦,世称"竹林七贤"。

阮籍居丧

阮籍遭母丧,在晋文帝座前饮酒吃肉。何曾便对文帝说:"明公以孝治天下,岂能让阮籍公然败坏名教,应该把他放逐出去!"晋文帝说:"阮公哀毁骨立,你不替他担心也就罢了,何必说这种话!而且服食五石散的人,必须照常饮酒吃肉,这也是不违背丧礼的。"阮籍对何曾的话不理不睬,只顾大块吃肉,大口饮酒。

"五石散",见《赏誉》篇第八"庾琮服寒石散"条。

刘伶戒酒大醉

刘伶长年嗜酒,中了酒毒,向妻子要酒喝以解渴。妇人便把酒瓶酒杯捣烂,流泪劝说:"不要再喝了好不好?你一定要戒酒。"刘伶说:"好吧!我听你的话。但是我自己控制不了,必须向鬼神发誓才戒得成。现在就请你准备一份酒肉,让我来祝告戒酒。"

妇人便去备了酒肉,叫刘伶来发誓。刘伶跪在地上暗暗说道:"天生刘伶,以酒为名。一饮一斛,五斗解酲。妇人之言,慎不可听。"说罢,大吃大喝,等她出来一看,刘伶早已醉得不省人事。

刘昶饮酒无品

刘昶好酒如命,品类混杂。有人笑他,他却说:"我自有道理。因为,酒量比我好的,我不能怕他。酒量和我差不多的,更须一拼。酒量比我差的,把他灌倒,也是一乐。所以无人不可喝。"结果,每天他都烂醉如泥。

刘伶脱衣醉酒

刘伶常喝酒放纵。有一次酒后,干脆把衣服都脱光了,躺在地上。刚好被人看见了。那人笑指刘伶乱来,刘伶却说:"天地是我的房子,房子是我的裤子,你钻到我裤子里干吗!"

阮咸大晒犊鼻裤

阮咸、阮籍住在道南,其他诸阮住在道北。北阮富有,南阮贫穷。民间风俗,七月七日晒衣物,不怕虫咬。因此,北阮大晒衣服,挂出来的都是绫罗绸缎,阮咸却用一支特长的长竿高挂一条犊鼻裤。人家笑他,他说:"未能免俗,所以只好应应景。"

"犊鼻裤",见《品藻》篇第九"相如慢世"条。

方内和方外

阮籍丧母，裴楷去吊丧。只见阮籍正喝得大醉，披头散发，蹲在那里。裴楷来了，放声大哭，哭完了就走。

有人问裴楷："吊丧从来都是主人哭，客人行礼。你现在怎么反过来呢？"裴楷说："阮公是方外之人，当然不哭。我辈是俗人，所以代他哭。"

人种不可失

阮咸有一次在姑姑家和一个鲜卑女娃做爱。后来在他的母亲丧事期间，姑姑搬家了。他姑姑本来说要把那个鲜卑娃儿留下来，但娃儿临时不肯，坚持要一起走，只好带着走了。

阮咸听说那个娃儿跑了，便借了一匹驴子，穿着孝服就追，终于把她截住，一同坐驴子回来。时人对阮咸的怪异举动大感不解。阮咸说："人种不可失。"闻者失笑。

浮名不值一杯酒

张翰好酒，常沉醉不醒。有人说："你不为身后打算吗？"张说："身后浮名，不如眼前一杯酒。"

毕卓饮酒三昧

毕卓做吏部侍郎，盗饮公家酒，醉倒在酒坛边，因此人赃俱获，被免职。但他还是嗜酒如故。他说："人生只要一手拿蟹螯，一手拿酒杯，浮在酒池中，便无所求了。"

长江哪能不拐弯

周颛和王导到纪瞻家观伎，醉后周颛颇露丑态。有人笑他不该乱来，周颛却说："长江万里，哪能不拐弯呢！"

郡卒有余智

苏峻之乱，庾冰单身逃亡，遇一郡卒用小船把他载出钱塘江口。那时苏峻派人搜检甚急，郡卒见情况不妙，便将庾冰用粗竹席罩住，登岸喝酒去了。

一会儿，那个郡卒手舞足蹈地爬上船来，嘴上不清不楚地说："谁要找庾公，庾公在这里。"庾冰吓得半死，但不敢动。这时搜检的人见那船极小，划船的人又已醉得东倒西歪，便放他走了。

庾冰脱身以后，很感激郡卒的机智，便问他有什么心愿。郡卒说："我从小劳碌，没什么心愿，如果能有美酒，醉他一年，就满意了。"庾冰便替他盖了一栋房子，买了许多美酒贮在酒窖，并派些奴婢服侍他。

时人都说这个郡卒不但有急智，而且很通达。

洪乔投书沉江

殷羡字洪乔，陈郡人。

有一年他做豫章太守，出发前，郡人托付给他一百多封书函。殷洪乔到了南昌章江门外十多里的石头渚，便把书函统统投入水中，祝说："沉者自沉，浮者自浮，殷洪乔不做送书邮。"

酒徒独白

王蕴说："酒，使人自我放逐。"

王荟说："酒，引人入胜地。"

王忱说："三天不喝酒，便觉形神不再相识。"又说："名士不须有奇才，只要常常得空痛饮，再熟读《离骚》，便是名士。"又说："阮籍胸中的不平，只有用酒来浇。"

张袁活死人

张湛喜欢在堂前种松柏。袁山松出游，喜欢叫左右唱挽歌。当时人便评说："张是屋下陈尸，袁是道上行殡。"

竹癖

王徽之有一次暂住人家空宅，一到来就叫人种竹子。人家问："何必那样麻烦呢？"王徽之说："何可一日无此君。"

雪夜独行舟

王徽之住山阴时,有一天晚上下大雪,开门一望,他便想起戴逵。徽之拿起酒来灌了几口,就命乘船出游。

戴逵那时住剡溪,徽之以小舟载酒,雪夜独航,走了一夜才到戴的家门口,到了门前,徽之掉头便走。

人家问:"何不见戴?"徽之说:"兴尽便走!何必见戴!"

桓伊吹笛无主客

王徽之在青溪渚下,遇见桓伊路边过。那时二人还不相识。有人对徽之说:"那人便是桓伊。"徽之素闻桓伊吹笛清妙,便叫人请他回车。

桓伊亦知徽之大名,便下车,高据胡床,自弄三调。奏完,上车便走。二人始终不交一言。

简傲篇第二十四

自啸自饮

晋文帝功业既盛,每会集宾客,四座肃然。只有阮籍在时,常蹲在地上,自啸自斟,旁若无人。

此君不可共饮

王戎、刘昶在阮籍家坐。阮对王说:"我有二斗好酒,待会儿咱们对饮,刘君那人却没有份儿。"于是搬了酒来,二人不亦乐乎,刘昶却始终沾不到一滴酒,但奇怪的是三人笑闹如常。

有人问道:"怎么这样对待刘昶?"阮籍说:"酒量比刘君好的,不得不与他们饮酒。酒量不如刘君的,不可不与他们饮酒。但是,只有刘君此人,可以不与他饮酒。"

嵇康打铁

钟会不认识嵇康。有一次他带了一票名流去找嵇康,只见嵇康正在大柳树下打铁,向秀替他拉鼓风炉的风箱。

钟会来了以后,嵇康只顾打铁,不理不睬。钟会也一句话不说,拔脚便走了。嵇康说:"何所闻而来,何所见而去?"钟会说:"闻所闻而来,见所见而去!"

嵇康说你是凤

嵇康和吕安相知,常在千里以外相会。

有一次,吕安去访嵇康,不在。嵇康阿兄嵇喜出来接待。吕安却不入门,只在门上题一"凤"字便走。嵇喜以为说自己是凤鸟,很高兴。后来才知道:凤是"凡鸟"也。

王澄弄小鸟

王澄做荆州刺史,太尉王衍和时贤都来送行,满布街道。王澄见庭中有棵大树,树顶上有个鹊巢,脱了衣巾便爬上去找小鹊玩。玩了半天才下来。临下树时,凉衣被树枝挂住,他顺势一脱,便跳下来,脸不红,气不喘,时贤都说他"达"。

"达",就是通达。

王谢子弟

谢安和谢万西游路过吴郡。阿万说要去找王恬。谢公说:"他不一定会和你应酬,还是走吧!"阿万赖着不走,谢公便说:"你自己去吧!"

谢万见了王恬。王恬坐了一会儿就进去了。谢万心里暗高兴,以为王恬要拿东西好好招待他。

但是,过了许久,王恬才出来。只见他披头散发,原来是洗头发去了。王恬出来后,也不坐下,径往院子里,倚着胡床在晒头发,两眼望着天空,对谢万似早已忘记。

谢万只好走了。谢公在船上,远远望见谢万回来,便说:"怎么样?阿螭不理你吧!"

王恬,小字螭虎,当时做吴郡太守。

西山有爽气

王子猷(徽之)做桓冲的参军,每天蓬发散带,连自己做的是什么官也不知道。

有一天,桓冲对他说:"你来很久了,公事应该料理料理。"王子猷完全不睬,只是两眼平视,拿版子放在脸颊边,徐徐说道:"西山今早应有爽气。"

"西山",用伯夷叔齐故事,见《史记》。夷齐隐于首阳山,作歌云:"登彼西山兮,采其薇矣!"

阿万只顾唱歌

谢万北征,每天只顾唱歌,对将士不闻不问。谢安很担心,便对他说:"你要多多接触将士,不可只唱歌。"阿万说:"好。"

谢万把诸将找来,大眼瞪小眼,一句话也不说。他忽然拿起如意向四座一指,说:"你们都是劲卒。"这话一出口,诸将都咬牙切齿,原来军中最忌讳"兵、卒"二字,谢万当面呼叫,尤犯大忌。

不久，谢万果然大败，狼狈而走。军中都想乘机除了他。谢公知道不妙，便说："阿万只当做隐士。"于是谢万才逃得性命。

哪里来的北佬

王献之从会稽路过吴郡。吴郡大族顾辟疆有一座名园，王献之久闻其名，便想一游。

王献之来到顾家，刚好顾辟疆正在园中大会宾客。王献之既不识主人，亦不肯通报，就坐了轿子直闯，他边游边看，指指点点，一副目中无人的模样。

顾辟疆见了，气得七窍生烟，骂道："哪里来的北佬，放肆！"说着一股脑儿把他们赶了出去。王献之却赖在轿上不走。过了一会儿，顾辟疆见献之左右都跑了，没有人来抬他，才叫人把他送出门外。这时候，顾辟疆便也神情傲然，不屑和他交谈。

排调篇第二十五

谁是俗物

嵇康、阮籍、山涛、向秀四人在竹林内酣饮,雅兴正浓。王戎后到,阮籍便说:"那个俗人又来坏人清兴了。"王戎大笑,说:"诸君清兴也这样容易就坏了吗!"

漱石枕流

孙楚少年时想去隐居,对王济说:"当枕石漱流。"竟误说成:"漱石枕流。"王济便说:"流水不可枕,石子不可漱。"孙楚笑说:"所以枕流水,是想洗耳朵。所以漱石子,是想磨牙齿。"

有功劳就糟了

晋元帝生下太子,大宴群臣,每人赐给一件礼物。

殷洪乔向元帝致谢说:"太子诞生,自是普天同庆。可惜微臣对这件事并无半点功劳,竟蒙厚赐。"中宗听了笑道:"这件事你岂能有半点儿功劳。"

驴就是驴

诸葛恢和王导在争论族姓排名先后。

王导说:"为什么不说葛王,一定要说王葛呢?"诸葛恢笑说:"譬如说驴马,不说成马驴。但驴就胜过马吗?"

鬼董狐

干宝作《搜神记》,都记些鬼故事。有一天他和刘惔娓娓而谈,刘惔听了叹道:"你不愧是个鬼董狐啊!"

康僧渊山高水深

康僧渊目深鼻高,王导常常拿来取笑。康说:"山不高就不灵,水不深就不清。"

老贼要干什么

桓温乘雪出猎,草草向王蒙、刘惔打了个招呼便走。刘惔见他来去如风,便问:"你这老贼要干什么?"桓温说:"我不去打猎,你们还能有空坐谈吗!"

买山隐居

支道林托人向深公(竺法深)买一座山。深公说:"哪有巢父、许由买山隐居的?"

客人太差

　　王蒙、刘惔在蔡谟家闲坐，言语之间并不很推崇蔡谟。王问蔡："你自认为比王衍如何？"蔡说："不如。"王刘相视而笑，又问："何处不如？"蔡说："王衍家没有像你们这种客人。"

张玄之缺齿不饶人

　　张玄之八岁换牙齿，门齿中间有缺口。识相的人，都知道这小子不好惹，可偏有人对他开玩笑说："你怎么口中开个狗洞？"张玄之应声答道："就是要让你这种人出入的。"

我晒腹中书

　　七月七日家家都晒衣物。郝隆也跑到院子里，仰卧在地上晒肚子。人家问他："你干什么？"他说："我在晒肚子里的书。"

下山就成小草

　　谢安隐居东山，后来下山做桓温的司马。

　　有一天，有人送药草给桓温，其中有一味叫"远志"，又名"小草"。桓温大奇，便拿来问谢安。谢安还没回答，郝隆就抢着说："这不难解。在山中就叫远志，采到山下就叫小草。"谢安大为惭愧。桓温却拍手大笑，说："解得好，解得好。"

用蛮语作诗

郝隆做桓温的南蛮参军。三月三日桓温大会群僚,规定每人作诗一首,作不出来的罚酒三斗。

郝隆不会作诗,心知不妙,便抢先写了一句:"娵隅跃清池。"桓公一看,问道:"娵隅是什么?"郝说:"蛮人把鱼叫娵隅呀!"桓说:"作诗哪得用蛮语?"郝说:"我是南蛮参军,不用蛮语,还用什么?"

晋楚交兵

习凿齿是襄阳人,孙绰是太原人。二人本不相识。

有一次,习孙二人在桓温家中坐。桓公说:"二公可一交谈。"孙绰说道:"蠢迩荆蛮,大邦为仇。"习凿齿应道:"薄伐猃狁,至于太原。"

二人所引,都是《诗经》上的话,针锋相对。

七尺之躯葬送在此

支道林法师在谢万家坐,一会儿,王献之来了。献之极自负,便嘲林法师说:"林公假如须发都在,神情当更胜。"谢万说:"那不见得。须发何关乎神明?"林法师听他们一来一往,便恼火道:"我这堂堂七尺之躯,今天算是葬送在这里了!"

簸扬淘汰

王坦之、范启为简文帝所邀。王年小而位高,范年长而位低,二人入座时互相推让,结果范坐在前面。

王坦之嘲范启说:"簸之扬之,秕糠在前。"范启应道:"淘之汰之,沙砾在后。"

羊公鹤怯场不舞

刘爱少年时有才情,后来有人把他推荐给庾亮。庾亮很得意,便想用为辅佐。

但刘爱刚到的第一天,庾公试和他面谈,便觉得他并不如传闻出色。一时颇为失望,因此对人戏称之为"羊公鹤"。

原来从前羊祜有只鹤,很会跳舞。羊公常向客人夸赞。有一天客人说:"那就带来跳跳看吧!"羊公就很得意地把鹤牵了来,哪知道那鹤竟也会怯场,硬是不肯舞。

怎敢不拜服

何充三天两头到瓦官寺拜佛。阮裕在路上碰到他,笑说:"你的志向真大,可谓前无古人。"何充道:"今天怎的如此客气起来?"阮说:"多少年来,我想混个郡守,到现在还没有半点影子。你却天天想成佛,怎敢不拜服。"

跛脚诸葛

郗愔拜北府中郎将，王献之前往祝贺，不住地吟道："应变将略，非其所长。"有人说："公今日拜官，献之出言不逊，实在可恶！"郗愔笑道："人家把我比作诸葛武侯，即使不会带兵，也很满意了！"

"应变将略，非其所长"，是陈寿评诸葛亮的话。

披挂入荆棘

王坦之在扬州和支道林法师讲论，韩伯、孙绰在座。林法师每占下风，孙绰就嘲笑道："法师今天像穿破棉袍，走在荆棘中，寸步难行。"

布帆无恙

顾恺之在荆州辅佐殷仲堪。有一次，他请假东还故里。按当时例规，不给布帆，顾恺之一再要求，殷仲堪只好应允了。

顾行船到湖北华容附近的破冢，遇到大风，布帆惊险万状。脱险之后，他写了一封书函给殷说："地名破冢，真破冢而出，行人安稳，布帆无恙。"

会吃甘蔗的人

顾恺之吃甘蔗,总是从尾吃到头,有人问道:"为什么不从头吃到尾?"他说:"这样吃才能渐入佳境。"

盲人骑瞎马

桓玄、殷仲堪和顾恺之三人共作"话题游戏"。

第一个话题是"了语":用完了的事做题目。顾恺之说:"火烧平原,一切烧光。"桓玄说:"白布缠棺,殡旗飘扬。"殷仲堪说:"投鱼深渊放飞鸟。"

第二个话题是"危语":用危险的事做题目。桓玄说:"在矛尖淘米,剑头炊饭。"殷仲堪说:"百岁老翁挂在枯枝。"顾恺之说:"井上栏杆卧婴儿。"这时候,殷仲堪身边有一参军接着说道:"盲人骑瞎马,夜半临深池。"殷仲堪一听,把两手一拍说道:"好小子,咄咄逼人。"原来殷仲堪瞎了一只眼睛。

缩头参军

祖广做参军,走路常缩着头。

有一次,祖广刚下车,就碰到桓玄。桓笑他说:"今天天气很好啊,你怎么像从漏屋里走出来!"

下士闻道则大笑

桓玄和道曜在讲老子的《道德经》,王思道坐在一边听。

桓玄忽然说:"王思道,你不妨顾名思义。"于是王大笑。桓玄又说:"你真会作大孩儿笑。"

老子《道德经》上说:"下士闻道,大笑之。不笑不足以为道。"所以王思道大笑,意在自我解嘲。

轻诋篇第二十六

名士是何物

竺法深说:"人家都称庾亮是名士,其实胸中所藏不过是些杂草荆棘而已!"

元规尘污人

庾亮(元规)镇武昌,有东下京城之意。那时王导做丞相,心中很不平。有一次王导在冶城小坐,刚好西风扬尘,王导便用扇子遮住脸,一个字一个字地骂道:"元规尘污人!"

尘,即风尘,此处暗指战争。

长柄挥麈赶牛车

王导好声色,入密营别馆,姬妾罗列,儿女成行。

有一次,丞相曹夫人外出踏青,见有两三个小儿骑羊,长得端正可爱,便问是谁家的小孩儿。回话的人一时不察,漏了风声。夫人大怒,立刻率婢女持刀追讨王丞相。

王丞相听说夫人要来临检,便跨上牛车就跑,又怕牛跑得太慢,便用长柄挥麈赶牛,狼狈而走。

蔡谟知道王丞相的前科以后，故意去拜访说："听说最近朝廷要加公九锡，特来相贺。"王丞相信以为真，再三谦让。蔡谟笑说："也不必太当真，我只是听到有人用长柄麈尾赶牛车的风声而已！"丞相大窘。

后来，王丞相便在别人面前损蔡谟说："想我从前和王安期、阮千里在洛水上和名流胜会的时候，天下哪曾听说有个蔡充的儿子！"

猪脑袋

孙绰作《列仙传》，推赞商丘子说："所牧何物？殆非真猪。倘遇风云，为我龙摅。"意思是说：商丘子平日所牧的猪，恐怕不是真的猪。如果有一天遇到风云来时，就会像龙一样地飞腾而去。

许多文士看了这篇《商丘子赞》，佩服得五体投地。王述却大骂说："孙家小儿作的文章，算是什么东西？真是猪啊！"

"龙摅"，是龙腾的意思。

千斤牛不如百里马

桓温北征，和僚属共登平乘楼眺望中原。忍不住叹息道："神州陆沉，百年丘墟，王衍诸人实不能辞其咎！"袁虎不服，立刻答道："气运自有盛衰，哪能怪他们？"桓温怒道："这是什么话？你们没有看见刘表吗？他有头千斤巨牛，食量惊人，但负重致远，竟不如一匹瘦马。所以魏武一入荆州，就先把他宰来吃了。"

何物尘垢囊

王坦之和支道林互相不服气。王说林公是诡辩,林公却痛骂王坦之说:"穿着邋遢的衣服,戴一顶破帽子,身上挟一本《左传》,跟在郑康成(玄)车后,自以为是人家的高足,其实只是装灰尘的破布袋而已。"

裴启作《语林》

裴启作《语林》,其中有两条关于谢安的故事。有一条是说:"谢公对裴启说:'你已经不错了,又何必再喝酒装名士派头呢?'"另一条说:"谢公称支道林如九方皋相马,只重其神骏而不论皮相。"

庾和看了《语林》,便去问谢公。谢公说:"根本没有这回事,都是裴启杜撰的。"庾和便认为裴启不应该。然后庾和又拿出王东亭的《经王公酒垆下赋》,请谢公品题。谢不肯评价,只说:"你也想学裴启吗?"

沙门不得为高士

王舒不为支道林所推重,非常气愤,便写了一篇《沙门不得为高士论》。大意是说:高士必须心游物外,不为物役,今沙门反为宗教所束缚,情性不能自得,所以不能成高士。

韩伯肉鸭子

时人评韩伯说:"他是一只肉鸭子,没有风骨。"

王家子弟哑哑叫

支道林去会稽,见了王献之兄弟,回来以后,有人问他:"王家子弟怎么样?"支公答道:"好像是一群白颈子的乌鸦,只会哑哑叫个不停。"

> 王家子弟在江南常说吴语,支道林听不习惯,所以将其比作乌鸦叫。

蠢物

桓玄每次见人生气,就取笑说:"你们就好比把哀仲家的梨子拿来蒸了吃。"

秣陵有哀仲家,梨子最好,入口便化。只有蠢物才会不知品味,蒸了来吃。

假谲篇第二十七

曹操劫新娘子

曹操少年时和袁绍在一起，好为游侠。

有一次，他二人见有人新婚，便半夜跳墙入内，大叫："有贼。"青帐中人都跑出来察看，曹操趁机抽刀把新娘子背了就走。

曹袁二人退出墙外以后，一时迷路，误入橘子园中，橘树多刺，袁绍不敢动。曹操怕袁绍被捉，坏了大事，就大叫一声："小偷在这里！"袁绍被迫，连滚带爬，一溜烟似的跑了。

望梅林止渴

曹操行军，走了很长的路，三军皆渴，便骗他们说："前面不远便有梅子林，赶快走就可以解渴了。"士卒一听，口水都流出来。往前走了一段路，便遇到水源。

防逆有术

曹操怕有人会来谋害自己，便扬言说："如有人想对我不利，我的心就会有预感而跳动。"为了证明他的话，他偷偷地把一个亲近的小人找来，对他说："等一下你假装来行刺，我就说我已有预感，把你抓起来。如果抓你的人要杀你，你只要不说出谁叫你前来行刺便好。然后，我会重重地报答你。"

那个小人信以为真，便去假装行刺，曹操就把他杀了。结果他究竟怎么死的都不明白。

曹操的左右，以为曹操真有预感，想谋逆的人也不敢动了。

梦中杀人

曹操说："我睡觉时不要接近我，我梦中会杀人。"

有一天，他假装睡觉，有个亲信上前替他盖被，曹操手起刀落，把那人杀了。自此以后，只要曹操在睡觉，便没有人敢接近他了。

黄须鲜卑奴

晋明帝生母荀氏，有燕代鲜卑人血统，所以明帝很像鲜卑人。

王敦造反时，屯兵姑孰。明帝换了便装前往察访，路过一客店，店中老太婆是一异人，明帝约她同去。

二人在王敦营垒外察看一周，有军士发觉，说道："此非常人。"这时王敦正在睡觉，忽然有感，心动，从床上跳起来说："必是黄须鲜卑奴来了！"派人便追，明帝已走了二三里。追人在路上碰到一个老太婆，问："看见黄须人骑马过去吗？"老太婆说："早已过去多时。"追人只好颓然而返。

羲之吐唾纵横

王羲之十岁时，王敦很喜欢他，常带在身边睡。

有一次，王敦早起，和钱凤在前厅密谋造反，忘了羲之还在睡觉。羲之那时已醒，听到王敦的密谋，心知非同小可，这条小命大概活不成了。于是他就把口水吐在被上，又涂在脸上，假装睡得很熟。

一会儿，王敦果然想起羲之还在帐中，便来察看。一见羲之口水涂得满脸，以为是睡熟了，就不再怀疑了。

支愍度说法救饥

愍度和尚刚要渡江时，与一北来的和尚为伴。那和尚说："这次到江南，如果采用旧义说法，恐怕混饭吃都会有困难。"于是共立"心无义"。

后来那和尚渡江不成，愍度却在江南讲"心无义"多年。那和尚便大笑说："心无义哪可用来说法。当时我提这个办法，不过为了救饥而已。岂可因此便背叛如来呢！"

孙绰嫁出怪女儿

王坦之的弟弟阿智，顽劣不驯，没有人肯嫁他。刚好孙绰有个女儿，脾气古怪，没人敢要。

孙绰便去见王坦之兄弟，把女儿吹得天花乱坠，又说："外传阿智找不到媳妇，岂有此理！只可惜我孙家是寒门，不敢高攀你们太原王家而已。"王坦之兄弟大喜,便告诉父亲王述,把孙绰女儿娶了过来。

孙绰的女儿嫁过来以后,泼辣无理,远过阿智。王家才知是孙绰使诈。

谢安使诈教子

谢玄小时候喜欢穿戴紫罗香囊,谢安很不高兴。为了不伤他的心,谢公便使诈与谢玄赌博,一赢过来便把紫罗香囊烧了。

黜免篇第二十八

狂人何所徙

诸葛宏少有清誉，王衍很推重他。

有一次，诸葛宏受到他继母族人的陷害，说他是"狂逆"，于是朝廷下令把他迁徙到远方。

诸葛临行前，王衍来送行。诸葛问："我到底犯了什么罪？"王衍说："人家控告你狂逆。"诸葛大怒道："逆便杀头好了，狂要搬到哪里？"

桓温怒贬捉猿人

桓温征蜀，路过长江三峡，部属中有人捉到一只小猿，母猿便沿岸哭嚎，行百余里仍不走。后来那只母猿一时想不开，就跳上船来撞死了。那人把母猿剖开，只见肠子寸寸断裂。

桓公听了大怒，把那人贬了出去。

咄咄怪事

殷浩北征失败，被废为庶民，迁往信安居住。

有人见殷浩整天在空中写字，仔细看了半天，才知道他所写的是"咄咄怪事"四字。

看人吃蒸薤

桓温有个参军，有一次在吃蒸的薤菜，薤菜纠缠解不开，同座的人不肯相助，那参军又夹住不放，全座大笑。桓温知道了大怒，便把那些大笑的人免职了。

桓温逼人太甚

桓温既废太宰父子，上书说："若除太宰父子，可无后忧。"简文帝回答说："这种话我不忍说出口。"桓温不听，又上来催促。简文帝说："如果晋室威灵长在，请奉此诏。如果气运已尽，我便让贤！"桓温看了，手颤汗流，才不敢逼迫。于是，太宰父子被迁往新安。

殷仲文自取灭亡

殷仲文素有名望，自谓必做宰相。后来他做东阳太守，愤愤不平。有一天他看见富阳山水，形势雄壮，慨然叹道："此地当出一个孙伯符！"终以造反被杀。

孙策，字伯符，富春人，所以殷仲文有此一叹。

上不着天，下不着地

殷浩被贬为庶民后，恨简文帝说："你把我送上百尺高楼，忽又把梯子抽了去，叫我怎么办才好？"

俭啬篇第二十九

和峤计核算钱

　　和峤为人十分吝啬，家有好李，不肯送人吃，诸弟到园中采李子吃，也要计核算钱。王济对姐夫的吝啬大为不满。有一天，趁和峤出门，带了族中少年闯入李子园大吃，吃饱了就把李枝砍下来。然后送了一车子的李枝给和峤，问道："请吃吃看这些李子味道怎样？"和峤只有苦笑而已。

王戎夜夜算钱

　　王戎家极有钱，却一向不愿花钱，故生活极省。每天晚上都只见他和夫人坐在烛光下，用筹码算钱。
　　有一次他的侄儿结婚，王戎只送了一件单衣，过后又要了回来。

王戎钻李核

　　王戎家有好李，常常担心卖李子的人会拿去种。因此他家的李子出门之前，都把核钻破。

王戎向女儿收回嫁妆

王戎嫁女儿给裴颀,借了数万钱给女儿作嫁妆。女儿每次回来,王戎都没有好脸色。直到有一天,女儿把钱还了,王戎才点头微笑。

只送"王不留行"

卫展在江州时,有亲友来投,概不料理,只送"王不留行"一斤。因此,人人来投,便都立刻上车就走。

李轨听了,叹息道:"家舅刻薄,竟用草木做逐客令!"

"王不留行",是一种草药,据说久服能轻身,一般用来除风。

庾亮吃薤留根

苏峻之乱,庾亮投奔陶侃。陶侃性俭啬,请庾吃薤菜。庾故意把菜根留下来。陶公说:"菜根有何用?"庾说:"留起来种呀!"陶公大为叹息,说道:"庾公不只风流,而且实际。"

郗公家法

郗愔大肆无忌惮聚敛,有钱数千万。郗超很看不过去,便决心要让他老子觉悟。

按郗公家法：子弟来见面不坐，站着也不走，便是暗示要钱的。因此郗超每天一大早就去向郗愔问候。

郗愔说："你每天都来，其实只是要钱罢了。"一气之下，便把钱库开放一天，说："你就挥霍一天吧，看你能用多少。"郗愔以为最多也就用去几百万。哪知郗超却把亲友都找来，一一分用，钱库一下子就光了。郗愔看得舌头都收不回来。

汰侈篇第三十

行酒斩美人

石崇每次请客,都叫美人劝酒。如有客不肯干杯,立斩美人无赦。

王导和王敦有一次到石崇家造访。王导酒量小,不能多饮,但碍于石崇的残酷酒令,只好勉力杯到就干。王敦却不肯喝酒,无论美人如何劝酒,都一口回绝。石崇已经斩了三个美人,王敦脸色仍然不变。王导便责他何必太过分,王敦说:"他杀自家人,干我何事!"

厕中侍婢罗列

石崇家的厕所,常有十余个侍婢罗列。厕中放置甲煎粉、沉香汁,香气浓烈。而且规定:如厕必须换上新衣。因此,许多客人羞于在女侍面前脱衣,便不敢去。

王敦有一次上厕所,当着侍女的面脱下旧衣,换上新衣,从容不迫,神态傲然。群婢都说:"这人胆子这么大,一定会做贼。"

世说新语：魏晋名士的松弛感

人乳养的猪

晋武帝在王济家吃饭，侍婢百余人穿上绫罗端菜，菜都用琉璃器皿盛放。

席间，武帝尝了一盘蒸猪，味道大是不同，便问这是什么猪？王济说："这小猪是用人乳喂的。"武帝很不以为然，吃了一半便退席。

王恺、石崇斗富

王恺用糖水刷锅，石崇就用蜡烛当柴火。

王恺制作紫丝布步障四十里，石崇就制作锦步障五十里和他对抗。

石崇用椒粉涂墙壁，王恺便用赤石脂涂墙壁。

"步障"是从前有钱人家出外时，用来障蔽风寒或沙尘的布幕。

王恺、石崇竞牛走

石崇家的牛，无论形状和气力看起来都比不上王恺家的牛。但是每次出游，石崇的牛出发得很晚，到了要进入洛阳城门时，石崇的牛便迅若飞禽，王恺的牛怎么赶都赶不上。王恺认为很失面子。

王恺偷偷地拿钱去收买石崇家赶牛车的人，问他驾牛的技巧。那人便说："牛本来跑得不慢，只是赶牛车的人配合不上，便强力把牛拉住，所以牛车就慢了。如果牛跑得快时，把车拉斜了，便用偏辕使车子的重心偏在一边，听任牛车奔驰，那就非常快。"王恺听了，很高兴。从此王石两家的牛车便一样快了。

王恺痛失神牛

王恺有一匹牛，称作"八百里驳"，最是神骏，王恺每天都把它的蹄角磨得发亮。

王济对王恺说："我射箭不及你，但这次我要和你赌射这头牛。如果我输了，愿意赔你一千万钱。"

王恺心想："我的箭射得快，不会输他，而且这样的神物，王济必然舍不得射杀"，便答应了。

赌赛的那天，王恺叫王济先射，王济一箭中的，不容王恺多说，大喝一声："快拿牛心来！"然后高据胡床等候。左右飞奔而出，一会儿就把牛心烤了拿来，王济却把它剁成碎块便走了。

王敦讽刺石崇

颜回和原宪生前至贫，但德行、学问都很高。石崇、王敦二人有一次在太学见了颜、原的画像，石崇便叹息说："我如果和他们同拜夫子门下，自信不会输人。"王敦笑道："你比别人怎样，我是不知道。若和子贡相比，是差不多了。"孔子学生，以子贡最有钱，所以王敦拿来讽刺石崇。石崇知道王敦在讽刺自己，便把脸色一变，说道："君子应当身名俱泰，你怎么拿这种小家子的话来呕我！"

射箭筑金沟

　　王济被免官以后,移家北芒山下,心中不平。那时北芒人多地贵,王济偏就多买地,筑沟用作骑射。沟上用一串串的钱铺在地面,时人称为"金沟"。

忿狷篇第三十一

魏武杀妓

魏武有一个家妓,声音最是清妙,可惜脾气太坏。魏武想杀她,又舍不得她的歌声;想留下她,又不能忍受她的脾气。于是,魏武另外找了一百个女子,施以训练,其中有一女人歌声和那家妓一样好,魏武便杀了那个家妓。

王述踩鸡蛋

王述性子很急,有一次吃鸡蛋,他用筷子刺不到,大怒,便把鸡蛋掷到地上。鸡蛋在地上旋转不止,王述就用屐齿去踩。踩又踩不到,愈怒,便又捡起来,放入口中,咬破吐了出来。

王羲之听了大笑,说道:"假使王承有这样脾气,我没话说。他的儿子居然比他还暴躁,真是不像话。"

鬼手莫碰人

王胡之趁着下雪去访王恬。王胡之言语之间顶了王恬几句,王恬便脸色不高兴。

王胡之走上去拉王恬的手臂说:"你对我老哥使什么小性子?"王恬把他的手拨开,骂道:"你的手冷得像鬼,不要来碰我!"

谗险篇第三十二

王澄劲侠难容人

　　王澄外表朗爽，内则刚强。刘琨有一次骂他说："你这种个性，恐怕不得好死！"后来王澄脾气不改，终为王敦所杀。

袁悦喜读《战国策》

　　袁悦口才很好，身边常挟《战国策》。有一次，他对人说："少年时，读《论语》《老子》，后来又读《庄子》《易经》，这些书都没有用。天下最重要的书便是《战国策》。"
　　袁悦以策术进见会稽王司马道子，道子大为器重，几乱朝纲。王恭知道了之后，才借罪杀了袁悦。

王国宝居心叵测

　　晋孝武帝非常亲重王国宝和王雅。有一次，王雅推荐王珣给武帝。武帝便很想召见他。过了几天，武帝召见王珣，王国宝自知不如王珣，深恐王珣夺了他的位置，当下便对武帝说："王珣是名流，陛下现在脸上仍有酒意，不宜召见。"于是武帝以为王国宝十分尽职，就不再想召见王珣。

尤悔篇第三十三

伯仁因我而死

王敦从荆州起兵下石头城,京师震动。

丞相王导率领王家子弟到台省待罪。周顗非常担心,便想前往营救。

周顗来到台省。王导叫他,他不理,便直入内。周顗见了元帝,为王导家族说了许多好话,元帝才答应饶恕他们。周顗见元帝点头了,很是高兴,便去喝了几杯酒才走。到了门口,见王家子弟还跪在那里,王导上前说:"伯仁,我一家百口全交给你了!"周顗竟自不理就走了。

王敦来到石头城后,问王导说:"周顗可做三公否?"王导不答:"可做尚书令否?"王导也不答。王敦说:"既是这样,那我就把他杀了。"王导还是不答。于是王敦终于杀了周顗。

后来,王敦之乱平定,王导才知道周顗曾上书救自己,言辞恳切。王导这时后悔不迭,仰天长叹道:"我不杀伯仁,伯仁因我而死。"

周顗,字伯仁。

知其末而不知其本

简文帝看见田中的稻子,却不认识。问:"这是什么草?"左右回答:"是稻子。"简文帝为之思过三日,说:"岂有知其末而不知其本!"

惭愧而死

桓冲认为自己的德望雅量不及谢安,便请解除扬州刺史让给谢安。又自认为军事经验丰富,便请求出镇荆州。

在苻坚下江南时,桓冲以京师为重,遣其随身精兵三千人赴援,但为谢安所拒。桓冲大惊,说道:"谢公虽有庙堂之量,不熟将略,又外示闲暇,派诸年少应敌,天下事已不问可知。"于是便往上明打猎。

后来,听闻捷报传来,桓冲大为惭愧,发病而死。

纰漏篇第三十四

王敦做了土包子

王敦初娶舞阳公主,在公主家如厕,见漆箱盛有干枣。干枣本用来塞鼻,王敦却说:"厕所也备食品。"就通通吃光了。到他要回家的时候,婢女拿着金澡盆盛水,琉璃碗盛澡豆,用来盥洗,王敦不知,竟把澡豆倒在水中,通通吃了,说是干饭。群婢掩口而笑。

蔡谟误吃彭蜞

蔡谟渡江不久,见了彭蜞以为是螃蟹,大喜说:"蟹有八足,加上二螯。"便叫人煮了来吃。吃后大吐,才知不是螃蟹。

后来,蔡谟对谢尚提起此事,谢尚大笑说:"你读《尔雅》未免太粗心了。"原来《尔雅》记载彭蜞八足二螯,但同时又说"似蟹而小",蔡谟不辨其大小,拿了就吃,所以闯祸。

床下蚁动,谓是牛斗

殷仲堪的父亲得了心病,虚弱怕惊动,床下有蚂蚁爬过,以为是牛斗。孝武帝不知道殷仲堪的父亲得了此病,问:"听说有殷姓老人家得了这种病,你知道吗?"殷仲堪流泪道:"臣不知如何是好。"

世说新语：魏晋名士的松弛感

侍中献鱼虾

　　虞啸父做孝武帝的侍中。侍中要献上善言以代替不善，这叫作"献替"。

　　有一天，孝武帝问虞啸父："你做侍中以来，全无献替，这是怎么回事？"虞啸父是会稽人，家住在海边，又很富有，他听了孝武帝的话，以为皇上要他贡献海产。便笑说："天气还暖和，海中鱼虾过些时候才会有，到时臣立刻献上。"孝武帝鼓掌大笑。

惑溺篇第三十五

荀粲殉情

荀粲妻曹氏，十分美丽，所以夫妻感情如胶如蜜。

有一年冬天，曹氏得了热病，身子发烫得厉害，荀粲便到庭中把身体冷一冷，回来抱住妻子使她降下体温，但曹氏还是没有获救。曹氏死后，荀粲不久也死了，亡年二十九。

荀粲死前说过："妇人的才德姿色能够都具备的极少，所以才德不足，便应以姿色为主。"裴頠听了说道："世人不要被这话误导，娶妻自不能以姿色为主。"

韩寿偷香

韩寿姿貌清秀，在贾充手上做事。贾充的女儿常在青琐（窗帘）中偷看他，自此常做绮梦。后来贾家的婢女偷偷地去韩寿家对他说："我家的小姐不但美丽，而且常思念你。"韩寿大为心动，决意前往相会。

贾充家的门墙又高又密，但韩寿仗着身手矫捷，竟跳墙而入。贾女一见，对他愈是温存不舍。

不久，贾充发觉女儿对于妆饰非常注意，眉目间流露喜悦，和从前不大相同。有一天，他又闻到韩寿身上有一股异香，这种香气只有他家和陈骞家才有，自此心中便怀疑韩寿和女儿有私情。

贾充不动声色，只是托言为了防盗，重修墙垣，但修墙的人说："墙都完好，只有东北角上有人迹。而东北角的墙最高，常人实无法翻越。"贾充只好把婢女找来，暗中拷问，婢女知道无法再瞒，便都说了出来。贾充便秘密地把女儿嫁给了韩寿。

雷尚书

丞相王导身边有一爱妾，姓雷，聪明秀丽，在家中常帮助丞相处理公事，收受金钱。蔡谟知道了这件事，便笑说："这是丞相的雷尚书。"

仇隙篇第三十六

一语成谶

　　石崇的歌妓绿珠，美而善于吹笛，石崇爱她爱得要死。孙秀一见，便恃强来夺。石崇说："别的都可以答应，绿珠我绝不给。"孙秀使者说："石公博通古今，还请三思。"石崇不理。

　　潘岳和石崇是旧友，从前很瞧不起孙秀。孙秀做中书令时，二人在中书省碰面，潘说："孙公还记得从前我们在一起吗？"孙说："中心藏之，何日忘之。"潘岳便知道孙秀一定会报复。

　　孙秀是赵王伦的心腹，后来孙秀公报私仇，潘岳和石崇同日弃市。

　　潘岳、石崇在刑场见了面，彼此大感意外。石崇对潘岳说："你也在这里吗？"潘说："真是白首同所归"了。原来潘岳的《金谷集》有诗赠石崇说："投分寄石友，白首同所归。"这话想不到竟成了预言。

　　谶，就是预言的意思。

豪杰难防小人

　　刘玙、刘琨两兄弟，小时候得罪了王恺。王恺在家中预先挖了坑道，准备把二刘活埋。有一天，王恺借故把二刘邀请到家中饮酒住宿，想在夜间动手。

　　石崇和二刘的交情很好，他听说二刘到王恺家中住，就知道一定会有变故。于是石崇立刻到王恺家，问："二刘何在？"王恺仓促之间瞒不住了，只好说："在后堂中睡觉。"石崇也不再多说，便直入后堂，把二刘唤醒，拉了出来，上车便走。事后，石崇责备二刘说："少年人岂可随便在人家里过夜？"

　　后来，刘玙和刘琨都知名于时，并称豪杰。

附录　原典精选

德行第一

◎ 陈仲举言为士则,行为世范,登车揽辔,有澄清天下之志。为豫章太守,至,便问徐孺子所在,欲先看之。主簿曰:"群情欲府君先入廨。"陈曰:"武王式商容之闾,席不暇暖。吾之礼贤,有何不可!"

◎ 郭林宗至汝南造袁奉高,车不停轨,鸾不辍轭;诣黄叔度,乃弥日信宿。人问其故,林宗曰:"叔度汪汪,如万顷之陂;澄之不清,扰之不浊,其器深广,难测量也。"

◎ 陈元方子长文有英才,与季方子孝先,各论其父功德,争之不能决,咨于太丘。太丘曰:"元方难为兄,季方难为弟。"

◎ 晋文王称阮嗣宗至慎,每与之言,言皆玄远,未尝臧否人物。

◎ 王戎、和峤同时遭大丧,俱以孝称。王鸡骨支床,和哭泣备礼。武帝谓刘仲雄曰:"卿数省王和不?闻和哀苦过礼,使人忧之!"仲雄曰:"和峤虽备礼,神气不损;王戎虽不备礼,而哀毁骨立。臣以和峤生孝,王戎死孝;陛下不应忧峤,而应忧戎。"

◎ 谢奕作剡令,有一老翁犯法,谢以醇酒罚之,乃至过醉而犹未已。太傅时年七八岁,着青布裤在兄膝边坐,谏曰:"阿兄,老翁可念,何可作此?"奕于是改容曰:"阿奴欲放去邪?"遂遣之。

◎ 王恭从会稽还,王大看之,见其坐六尺簟,因语恭:"卿东来,故应有此物，可以一领及我。"恭无言。大去后，即举所坐者送之。既无余席，便坐荐上。后大闻之，甚惊，曰："吾本谓卿多，故求耳。"对曰："丈人不悉恭，恭作人无长物。"

言语第二

◎ 边文礼见袁奉高，失次序。奉高曰："昔尧聘许由，面无怍色。先生何为颠倒衣裳？"文礼答曰："明府初临，尧德未彰，是以贱民颠倒衣裳耳。"

◎ 孔文举年十岁，随父到洛。时李元礼有盛名，为司隶校尉；诣门者，皆隽才清称，及中表亲戚乃通。文举至门，谓吏曰："我是李府君亲。"既通，前坐。元礼问曰："君与仆有何亲？"对曰："昔先君仲尼，与君先人伯阳，有师资之尊，是仆与君奕世为通好也。"元礼及宾客莫不奇之。太中大夫陈炜后至，人以其语语之。炜曰："小时了了，大未必佳！"文举曰："想君小时必当了了！"炜大踧踖。

◎ 祢衡被魏武谪为鼓吏，正月半试鼓，衡扬枹为《渔阳参挝》，渊渊有金石声，四座为之改容。孔融曰："祢衡罪同胥靡，不能发明王之梦！"魏武惭而赦之。

◎ 南郡庞士元，闻司马德操在颍川，故二千里候之。至，遇德操采桑，士元从车中谓曰："吾闻丈夫处世，当带金佩紫，焉有屈洪流之量，而执丝妇之事？"德操曰："子且下车。子适知邪径之速，不虑失道之迷。昔伯成耦耕，不慕诸侯之荣；原宪桑枢，不易有官之宅。何有坐则华屋，行则肥马，侍女数十，然后为奇？此乃许父所以慷慨，夷齐所以长叹。虽有窃秦之爵，千驷之富，不足贵也！"士元曰："仆生出边垂，寡见大义。若不一叩洪钟，伐雷鼓，则不识其音响也。"

◎ 满奋畏风，在晋武帝坐；北窗作琉璃屏风，实密似疏，奋有难色。帝笑之。奋答曰："臣犹吴牛，见月而喘。"

◎ 过江诸人，每至暇日，辄相要新亭，借卉饮宴。周侯中坐而叹曰："风景不殊，正自有山河之异！"皆相视流泪。唯王丞相愀然变色曰："当共勠力王室，克复神州，何至作楚囚相对泣邪？"

◎ 卫洗马初欲渡江，形神惨悴，语左右云："见此芒芒，不觉百端交集。苟未免有情，亦复谁能遣此！"

◎ 高坐道人不作汉语。或问此意，简文曰："以简应对之烦。"

◎ 庾公尝入佛图，见卧佛，曰："此子疲于津梁。"于时以为名言。

◎ 孙齐由、齐庄二人少时诣庾公，公问："齐由何字？"答曰："字齐由。"公曰："欲何齐邪？"曰："齐许由。""齐庄何字？"答曰："字齐庄。"公曰："欲何齐？"曰："齐庄周。"公曰："何不慕仲尼而慕庄周？"对曰："圣人生知，故难企慕。"庾公大喜小儿对。

◎ 张玄之、顾敷，是顾和中外孙，皆少而聪慧，和并知之，而常谓顾胜。亲重偏至，张颇不恹。于时张年九岁，顾年七岁，和与俱至寺中，见佛般泥洹像，弟子有泣者，有不泣者。和以问二孙。玄谓："彼亲故泣，彼不亲故不泣。"敷曰："不然。当由忘情故不泣，不能忘情故泣。"

◎ 康法畅造庾太尉，握麈尾至佳。公曰："此至佳，哪得在？"法畅曰："廉者不求，贪者不与，故得在耳。"

◎ 桓公北征，经金城，见前为琅邪时种柳，皆已十围，慨然曰：

· 213 ·

"木犹如此,人何以堪!"攀枝执条,泫然流泪。

◎ 顾悦与简文同年,而发蚤白。简文曰:"卿何以先白?"对曰:"蒲柳之姿,望秋而落;松柏之质,凌霜弥茂。"

◎ 谢胡儿语庾道季:"诸人莫当就卿谈,可坚城垒。"庾曰:"若文度来,我以偏师待之;康伯来,济河焚舟。"

◎ 王子敬云:"从山阴道上行,山川自相映发,使人应接不暇。若秋冬之际,尤难为怀。"

◎ 谢太傅问诸子侄:"子弟亦何预人事,而正欲使其佳?"诸人莫有言者。车骑答曰:"譬如芝兰玉树,欲使其生于阶庭耳。"

◎ 谢灵运好戴曲柄笠,孔隐士谓曰:"卿欲希心高远,何不能遗曲盖之貌?"谢答曰:"将不畏影者,未能忘怀?"

政事第三

◎ 丞相末年,略不复省事,正封箓诺之。自叹曰:"人言我愦愦,后人当思此愦愦!"

◎ 陶公性检厉,勤于事。作荆州时,敕船官悉录锯木屑,不限多少。咸不解此意。后正会,值积雪始晴,听事前除雪后犹湿,于是悉用木屑覆之,都无所妨。官用竹,皆令录厚头,积之如山。后桓宣武伐蜀,装船,悉以作钉。又云:尝发所在竹篙,有一官长连根取之,仍当足,乃超两阶用之。

文学第四

◎ 郑玄在马融门下,三年不得相见,高足弟子传授而已。尝算浑天不合，诸弟子莫能解；或言玄能者，融召令算，一转便决。众咸骇服。及玄业成辞归，既而融有"礼乐皆东"之叹，恐玄擅名而心忌焉。玄亦疑有追，乃坐桥下，在水上据屐。融果转式逐之，告左右曰："玄在土下水上而据木，此必死矣。"遂罢追。玄竟以得免。

◎ 庾子嵩读《庄子》，开卷一尺许便放去，曰："子不异人意。"

◎ 客问乐令"旨不至"者。乐亦不复剖析文句，直以麈尾柄确几曰："至不？"客曰："至。"乐因又举麈尾曰："若至者，哪得去？"于是客乃悟服。乐辞约而旨达，皆此类。

◎ 初，注《庄子》者数十家，莫能究其旨要。向秀于旧注外，为《解义》，妙析奇致，大畅玄风，唯《秋水》、《至乐》二篇未竟而秀卒。秀子幼，《义》遂零落，然犹有别本。郭象者，为人薄行有隽才；见秀《义》不传于世，遂窃以为己注；乃自注《秋水》、《至乐》二篇，又易《马蹄》一篇，其余众篇，或点定文句而已。后秀《义》别本出，故今有向郭二《庄》，其义一也。

◎ 阮宣子有令闻，太尉王夷甫见而问曰："老庄与圣教同异？"对曰："将无同！"太尉善其言，辟之为掾。世谓"三语掾"。卫玠嘲之曰："一言可辟，何假于三？"宣子曰："苟是天下人望，亦可无言而辟，复何假一？"遂相与为友。

◎ 褚季野语孙安国云："北人学问，渊综广博。"孙答曰："南人学问，清通简要。"支道林闻之曰："圣贤固所忘言。自中人以还，北人看书，如显处视月；南人学问，如牖中窥日。"

◎ 有北来道人好才理，与林公相遇于瓦官寺，讲小品。于时竺法深、孙兴公悉共听。此道人语，屡设疑难，林公辩答清晰，辞气俱爽。此道人每辄摧屈。孙问深公："上人当是逆风家，向来何

· 215 ·

以都不言？"深公笑而不答。林公曰："白旃檀非不馥，焉能逆风？"深公得此义，夷然不屑。

◎ 孙安国往殷中军许共论，往反精苦，客主无间。左右进食，冷而复暖者数四。彼我奋掷麈尾，悉脱落，满餐饭中，宾主遂至莫忘食。殷乃语孙曰："卿莫作强口马，我当穿卿鼻！"孙曰："卿不见决鼻牛，人当穿卿颊！"

◎ 支道林造《即色论》，论成，示王中郎，中郎都无言。支曰："默而识之乎？"王曰："既无文殊，谁能见赏？"

◎ 王逸少作会稽，初至，支道林在焉。孙兴公谓王曰："支道林拔新领异，胸怀所及乃自佳，卿欲见不？"王本自有一往隽气，殊自轻之。后孙与支共载往王许，王都领域，不与交言。须臾支退。后正值王当行，车已在门。支语王曰："君未可去，贫道与君小语。"因论《庄子·逍遥游》。支作数千言，才藻新奇，花烂映发。王遂披襟解带，流连不能已。

◎ 殷中军读小品，下二百签，皆是精微，世之幽滞。尝欲与支道林辩之，竟不得。今小品犹存。

◎ 于法开始与支公争名，后精渐归支，意甚不忿，遂遁迹剡下。遣弟子出都，语使过会稽。于时支公正讲小品。开戒弟子："道林讲，比汝至，当在某品中。"因示语攻难数十番，云："旧此中不可复通。"弟子如言诣支公。正值讲，因谨述开意。往反多时，林公遂屈，厉声曰："君何足复受人寄载来！"

◎ 谢公因子弟集聚，问毛诗何句最佳？遏称曰："'昔我往矣，杨柳依依；今我来思，雨雪霏霏。'"公曰："'吁谟定命，远猷辰告。'"谓此句偏有雅人深致。

◎ 张凭举孝廉，出都，负其才气，谓必参时彦。欲诣刘尹，乡里及同举者共笑之。张遂诣刘，刘洗濯料事，处之下座，唯通寒暑，神意不接。张欲自发，无端；顷之，长史诸贤来清言，客主有不通处，张乃遥于末坐判之，言约旨远，足畅彼我之怀，一坐皆惊。真长延之上坐，清言弥日，因留宿至晓。张退，刘曰："卿且去，正当取卿共诣抚军。"张还船，同侣问何处宿，张笑而不答。须臾，真长遣传教觅张孝廉船，同侣惋愕。即同载诣抚军。至门，刘前进谓抚军曰："下官今日为公得一太常博士妙选！"既前，抚军与之话言，咨嗟称善，曰："张凭勃窣为理窟！"即用为太常博士。

◎ 司马太傅问谢车骑："惠子其书五车，何以无一言入玄？"谢曰："故当是其妙处不传。"

◎ 文帝尝令东阿王七步作诗，不成者行大法。应声便为诗曰："煮豆持作羹，漉菽以为汁。萁在釜下燃，豆在釜中泣。本自同根生，相煎何太急！"帝深有惭色。

◎ 郭景纯诗云："林无静树，川无停流。"阮孚云："泓峥萧瑟，实不可言。每读此文，辄觉神超形越。"

◎ 习凿齿史才不常，宣武甚器之，未三十，便用为荆州治中。凿齿谢笺亦云："不遇明公，荆州老从事耳。"后至都，见简文返命，宣武问："见相王何如？"答云："一生不曾见此人！"从此忤旨，出为衡阳郡，性理遂错。于病中犹作汉晋春秋，品评卓逸。

◎ 王孝伯在京行散，至其弟王睹户前，问："古诗中何句为最？"睹思未答。孝伯咏"'所遇无故物，焉得不速老！'此句为佳。"

方正第五

◎ 高贵乡公薨，内外喧哗。司马文王问侍中陈泰曰："何以静之？"泰云："唯杀贾充以谢天下！"文王曰："可复下此不？"对曰："但见其上，未见其下！"

◎ 山公大儿着短帢，车中倚。武帝欲见之，山公不敢辞，问儿，不肯行。时论乃云胜山公。

◎ 卢志于众坐问陆士衡："陆逊、陆抗是君何物？"答曰："如卿于卢毓、卢珽。"士龙失色。既出户，谓兄曰："何至如此！彼容不相知也？"士衡正色曰："我父祖名播海内，宁有不知？鬼子敢尔！"议者疑二陆优劣，谢公以此定之。

◎ 诸葛恢大女适太尉庾亮儿，次女适徐州刺史羊忱儿。亮子被苏峻害，改适江彪。恢儿娶邓攸女。于时谢尚书求其小女婚，恢乃云："羊、邓是平婚，江家我顾伊，庾家伊顾我，不能复与谢裒儿婚。"及恢亡，遂婚。于是王右军往谢家看新妇，犹有恢之遗法：威仪端详，容服光整。王叹曰："我在遣女裁得尔耳！"

◎ 周叔治做晋陵太守，周侯、仲智往别，叔治以将别，涕泗不止。仲智恚之曰："斯人乃妇女！与人别，唯啼泣。"便舍去。周侯独留与饮酒言话。临别流涕，抚其背曰："奴，好自爱！"

◎ 周伯仁为吏部尚书，在省内夜疾危急，时刁玄亮为尚书令，营救备亲好之至。良久小损。明旦报仲智，仲智狼狈来。始入户，刁下床对之大泣，说伯仁昨危急之状。仲智手批之，刁为辟易于户侧。既前，都不问病，直云："君在中朝，与和长舆齐名，那与佞人刁协有情！"径便出。

◎ 王含做庐江郡，贪浊狼藉。王敦护其兄，故于众坐称："家兄在郡定佳，庐江人士咸称之。"时何充为敦主簿，在坐，正色曰："充即庐江人，所闻异于此！"敦默然。旁人为之反侧，充晏然，神意自若。

◎ 明帝在西堂，会诸公饮酒，未大醉，帝问："今名臣共集，何如尧舜？"时周伯仁为仆射，因厉声曰："今虽同人主，复哪得等于圣治！"帝大怒，还内，作手诏，满一黄纸，遂付廷尉令收，因欲杀之。后数日，诏出周，群臣往省之。周曰："近知当不死，罪不足至此。"

◎ 王大将军当下，时咸谓无缘尔。伯仁曰："今主非尧舜，何能无过？且人臣安得称兵以向朝廷？处仲狼抗刚愎，王平子何在？"

◎ 梅颐尝有惠于陶公，后为豫章太守，有事，王丞相遣收之。侃曰："天子富于春秋，万机自诸侯出，王公既得录，陶公何为不可放？"乃遣人于江口夺之。颐见陶公，拜，陶公止之。颐曰："梅仲真膝，明日岂可复屈邪？"

◎ 江仆射年少，王丞相呼与共棋。王手常不如两道许，而欲敌道戏，试以观之。江不即下。王曰："君何以不行？"江曰："恐不得尔！"傍有客曰："此年少，戏乃不恶。"王徐举首曰："此年少，非唯围棋见胜！"

雅量第六

◎ 豫章太守顾劭，是雍之子。劭在郡卒，雍盛集僚属自围棋。外启信至，而无儿书，虽神色不变，而心了其故，以爪掐掌，血流沾褥。宾客既散，方叹曰："已无延陵之高，岂可有丧明之责！"于是豁情散哀，颜色自若。

◎ 嵇中散临刑东市，神气不变。索琴弹之，奏广陵散。曲终，曰："袁孝尼尝请学此散，吾靳固未与，广陵散于今绝矣！"太学生三千人上书请以为师，不许。文王亦寻悔焉。

◎ 裴遐在周馥所，馥设主人，遐与人围棋，馥司马行酒。正戏，不时为饮。司马恚，因曳遐坠地。遐还坐，举止如常，颜色不变，复戏如故。王夷甫问遐："当时何得颜色不异？"答曰："直时暗当故耳。"

◎ 王夷甫与裴景声志好不同，景声恶欲取之，卒不能回。乃故诣王，肆言极骂，要王答己，欲以分谤。王不为动色，徐曰："白眼儿遂作。"

◎ 有往来者云，庾公有东下意。或谓王公："可潜稍严，以备不虞。"王公曰："我与元规虽俱王臣，本怀布衣之好。若其欲来，吾角巾径还乌衣，何所稍严？"

◎ 谢太傅盘桓东山，时与孙兴公诸人泛海戏。风起浪涌，孙、王诸人色并遽，便唱使还。太傅神情方王，吟啸不言。舟人以公貌闲意说，犹去不止。既风转急，浪猛，诸人皆喧动不坐。公徐云："如此，将无归！"众人即承响而回。于是审其量，足以镇安朝野。

◎ 桓公伏甲设馔，广延朝士，因此欲诛谢安、王坦之。王甚遽，问谢曰："当作何计？"谢神意不变，谓文度曰："晋阼存亡，在此一行！"相与俱前。王之恐状，转见于色。谢之宽容，愈表于貌。望阶趋席，方作"洛生咏"，讽"浩浩洪流"。桓惮其旷远，乃趣解兵。王谢旧齐名，于此始判优劣。

◎ 支道林还东，时贤并送于征虏亭。蔡子叔前至，坐近林公；谢万石后来，坐小远。蔡暂起，谢移就其处。蔡还，见谢在焉，因合褥举谢掷地，自复坐。谢冠帻倾脱，乃徐起，振衣就席，神意甚平，不觉瞋沮。坐定，谓蔡曰："卿奇人，殆坏我面？"蔡答曰："我本不为卿面作计！"其后二人俱不介意。

◎ 郗嘉宾钦崇释道安德问，饷米千斛，修书累纸，意寄殷勤。道安答，直云："损米，愈觉有待之为烦。"

识鉴第七

◎ 曹公少时，见乔玄，玄谓曰："天下方乱，群雄虎争，拨而理之，非君乎？然君实是乱世之英雄，治世之奸贼！恨吾老矣，不见君富贵，当以子孙相累。"

◎ 曹公问裴潜曰："卿昔与刘备共在荆州，卿以备才如何？"潜曰："使居中国，能乱人，不能为治；若乘边守险，足为一方之主。"

◎ 石勒不知书，使人读《汉书》，闻郦食其劝立六国后，刻印将授之，大惊曰："此法当失，云何得遂有天下？"至留侯谏，乃曰："赖有此耳！"

赏誉第八

◎ 裴令公目夏侯太初："肃肃如入廊庙中，不修敬而人自敬。"一曰："如入宗庙，琅琅但见礼乐器。见钟士季，如观武库，森森但睹矛戟在前。见傅兰硕，江廧靡所不有。见山巨源，如登山临下，幽然深远。"

◎ 刘万安，即道真从子，庾公所谓"灼然玉举"。又云："千人亦见，百人亦见。"

◎ 桓茂伦云："褚季野皮里阳秋。"谓其裁中也。

◎ 桓温行经王敦墓边过，望之云："可儿！可儿！"

◎ 王仲祖称殷渊源："非以长胜人，处长亦胜人。"

◎ 许玄度言："琴赋所谓'非至精者，不能与之析理，'刘尹其人；'非渊静者，不能与之闲止，'简文其人。"

◎ 刘尹道江道群："不能言而能不言。"

品藻第九

◎ 庞士元至吴，吴人并友之。见陆绩、顾劭、全琮而为之目曰："陆子所谓驽马有逸足之用，顾子所谓驽牛可以负重致远。"或问："如所目，陆为胜邪？"曰："驽马虽精速，能致一人耳。驽牛一日行百里，所致岂一人哉？"吴人无以难。"全子好声名，似汝南樊子昭。"

◎ 世论温太真，是过江第二流之高者。时名辈共说人物，第一将尽之间，温常失色。

◎ 何次道为宰相，人有讥其信任不得其人。阮思旷慨然曰："次道自不至此。但布衣超居宰相之位，可恨！唯此一条而已。"

◎ 桓公少与殷侯齐名，常有竞心。桓问殷："卿何如我？"殷云："我与我周旋久，宁作我。"

◎ 桓大司马下都，问真长曰："闻会稽王语奇进，尔邪？"刘曰："极进，然故是第二流中人耳！"桓曰："第一流复是谁？"刘曰："正是我辈耳！"

◎ 庾道季云："廉颇、蔺相如虽千载上死人，懔懔恒有生气；曹蜍、李志虽见在，厌厌如九泉下人。人皆如此，便可结绳而治，但恐狐狸猰㺑啖尽。"

◎ 王黄门兄弟三人俱诣谢公，子猷、子重多说俗事，子敬寒温而已。既出，坐客问谢公："向三贤孰愈？"谢公曰："小者最胜！"客曰："何以知之？"谢公曰："'吉人之辞寡，躁人之辞多。'推此知之。"

◎ 谢公问王子敬："君书何如君家尊？"答曰："固当不同。"公曰："外人论殊不尔？"王曰："外人哪得知！"

规箴第十

◎ 晋武帝既不悟太子之愚，必有传后意，诸名臣亦多献直言。帝尝在陵云台上坐，卫瓘在侧，欲微申其怀，因如醉跪帝前，以手抚床曰："此坐可惜！"帝虽悟，因笑曰："公醉邪？"

◎ 王夷甫妇，郭泰宁女，才拙而性刚，聚敛无厌，干豫人事。夷甫患之而不能禁。时其乡人幽州刺史李阳，京都大侠，犹汉之楼护。郭氏惮之。夷甫骤谏之，乃曰："非但我言卿不可，李阳亦谓不可！"郭氏为之小损。

◎ 王夷甫雅尚玄远，常嫉其妇贪浊，口未尝言"钱"。妇欲试之，令婢以钱绕床，不得行。夷甫晨起，见钱阁行，谓婢曰："举阿堵物！"

◎ 王平子年十四五，见王夷甫妻郭氏贪欲，令婢路上儋粪。平子谏之，并言诸不可。郭大怒，谓平子曰："昔夫人临终，以小郎嘱新妇，不以新妇嘱小郎！"急捉衣裾，将与杖。平子饶力，争得脱，逾窗而走。

◎ 王大语东亭："卿乃复论成不恶，哪得与僧弥戏？"

◎ 殷颢病困，看人政见半面。殷荆州兴晋阳之甲，往与颢别，涕零，属以消息所患。颢答曰："我病自当差，正忧汝患耳！"

◎ 远公在庐山中，虽老，讲论不辍。弟子中或有惰者，远公曰：

"桑榆之光，理无远照；但愿朝阳之晖，与时并明耳。"执经登坐，讽诵朗畅，词色甚苦。高足之徒，皆肃然增敬也。

◎ 桓南郡好猎，每田狩，车骑甚盛，五六十里中，旌旗蔽隰。骋良马，驰击若飞，双甄所指，不避陵壑。或行陈不整，麚兔腾逸，参佐无不被系束。桓道恭，玄之族也，时为贼曹参军，颇敢直言，常自带绛绵绳着腰中。玄问："用此何为？"答曰："公猎，好缚人士，会当被缚，手不能堪芒也。"玄自此小差。

捷悟第十一

◎ 魏武尝过曹娥碑下，杨修从，碑背上题作"黄绢、幼妇、外孙、齑臼"八字。魏武谓修："卿解不？"答曰："解。"魏武曰："卿未可言，待我思之。"行三十里，魏武乃曰："吾已得。"令修别记所知。修曰："黄绢，色丝也，于字为'绝'；幼妇，少女也，于字为'妙'；外孙，女子也，于字为'好'；齑臼，受辛也，于字为'辤'；所谓'绝妙好辞'也。"魏武亦记之，与修同，乃叹曰："我才不及卿，乃觉三十里！"

◎ 王敦引军垂至大桁，明帝自出中堂，温峤为丹阳尹，帝令断大桁；故未断，帝大怒，瞋目，左右莫不悚惧。召诸公来，峤至，不谢，但求酒炙。王导须臾至，徒跣下地，谢曰："天威在颜，遂使温峤不得谢。"峤于是下谢，帝乃释然。诸公共叹王机悟名言。

夙慧第十二

◎ 何晏七岁，明慧若神，魏武奇爱之，以晏在宫内，因欲以为子。

晏乃画地令方，自处其中。人问其故，答曰："何氏之庐也。"魏武知之，即遣还外。

豪爽第十三

◎ 王大将军年少时，旧有田舍名，语音亦楚。武帝唤时贤共言伎艺之事，人人皆多有所知，唯王都无所关，意色殊恶，自言知打鼓吹，帝即令取鼓与之。于坐振袖而起，扬槌奋击，音节谐捷，神气豪上，傍若无人，举坐叹其雄爽。

◎ 王处仲，世许高尚之目，尝荒恣于色，体为之弊。左右谏之，处仲曰："吾乃不觉尔！如此者甚易耳。"乃开后合，驱诸婢妾数十人出路，任其所之，时人叹焉。

◎ 王司州在谢公坐，咏："入不言兮出不辞，乘迴风兮载云旗！"语人云："当尔时，觉一坐无人！"

容止第十四

◎ 魏武将见匈奴使，自以形陋，不足雄远国，使崔季珪代，帝自捉刀立床头。既毕，令间谍问曰："魏王何如？"匈奴使答曰："魏王雅望非常，然床头捉刀人，此乃英雄也！"魏武闻之，追杀此使。

◎ 何平叔美姿仪，面至白，魏明帝疑其傅粉。正夏月，与热汤饼，既啖，大汗出，以朱衣自拭，色转皎然。

◎ 嵇康身长七尺八寸，风姿特秀。见者叹曰："萧萧肃肃，爽朗清举。"或云："肃肃如松下风，高而徐引。"山公曰："嵇叔夜之为人也，岩岩若孤松之独立；其醉也，傀俄若玉山之将崩。"

◎ 裴令公目王安丰："眼烂烂如岩下电。"

◎ 潘岳妙有姿容，好神情。少时，挟弹出洛阳道，妇人遇者，莫不连手共萦之。左太冲绝丑，亦复效岳游遨，于是群妪齐共乱唾之，委顿而返。

◎ 王夷甫容貌整丽，妙于谈玄；恒捉玉柄麈尾，与手都无分别。

◎ 裴令公有儁容姿，一旦有疾至困，惠帝使王夷甫往看。裴方向壁卧，闻王使至，强回视之。王出，语人曰："双眸闪闪，若岩下电；精神挺动，体中故小恶。"

◎ 裴令公有儁容仪，脱冠冕，粗服乱头皆好，时人以为"玉人"。见者曰："见裴叔则如玉山上行，光映照人！"

◎ 刘伶身长六尺，貌甚丑悴，而悠悠忽忽，土木形骸。

◎ 庾子嵩长不满七尺，腰带十围，颓然自放。

◎ 卫玠从豫章至下都，人久闻其名，观者如堵墙。玠先有羸疾，体不堪劳，遂成病而死，时人谓"看杀卫玠。"

◎ 王长史尝病，亲疏不通。林公来，守门人遽启之曰："一异人在门，不敢不启。"王笑曰："此必林公！"

◎ 王长史为中书郎，往敬和许。尔时积雪，长史从门外下车，步入尚书省，着公服，敬和遥望，叹曰："此不复似世中人！"

自新第十五

◎ 周处少年时，凶强侠气，为乡里所患，又义兴水中有蛟，山中有邅迹虎，并皆暴犯百姓，义兴人谓为"三横"，而处尤剧。或说处杀虎斩蛟，实冀三横唯余其一。处即刺杀虎，又入水击蛟。

蛟或浮或没，行数十里，处与之俱。经三日三夜，乡里皆谓已死，更相庆。处竟杀蛟而出。闻里人相庆，始知为人情所患，有自改意。乃入吴寻二陆，平原不在，正见清河，具以情告，并云："欲自修改，而年已蹉跎，终无所成。"清河曰："古人贵朝闻夕死，况君前途尚可。且人患志之不立，亦何忧令名不彰邪？"处遂自改励，终为忠臣孝子。

企羡第十六

◎ 王丞相过江，自说昔在洛水边，数与裴成公、阮千里诸贤共谈道。羊曼曰："人久自以此许君，何须复尔？"王曰："亦不言我须此，但欲尔时不可得耳！"

伤逝第十七

◎ 王仲宣好驴鸣，既葬，文帝临其丧，顾语同游曰："王好驴鸣，可各作一声以送之。"赴客皆一作驴鸣。

◎ 王浚冲为尚书令，着公服，乘轺车，经黄公酒垆下过，顾谓后车客："吾昔与嵇叔夜、阮嗣宗共酣饮于此垆。竹林之游，亦预其末。自嵇生夭、阮公亡以来，便为时所羁绁。今日视此虽近，邈若山河。"

◎ 王长史病笃，寝卧灯下，转麈尾视之，叹曰："如此人，曾不得四十！"及亡，刘尹临殡，以犀柄麈尾着柩中，因恸绝。

◎ 支道林丧法虔之后，精神霣丧，风味转坠。常谓人曰："昔匠石废斤于郢人，牙生辍弦于钟子，推己外求，良不虚也！冥契既逝，发言莫赏，中心蕴结，余其亡矣！"却后一年，支遂殒。

◎ 戴公见林法师墓，曰："德音未远，而拱木已积。冀神理绵绵，不与气运俱尽耳！"

◎ 王子猷、子敬俱病笃，而子敬先亡。子猷问左右："何以都不闻消息？此已丧矣！"语时了不悲。便索舆来奔丧，都不哭。子敬素好琴，便径入，坐灵床上，取子敬琴弹；弦既不调，掷地云："子敬，子敬，人琴俱亡！"因恸绝良久，月余亦卒。

栖逸第十八

◎ 阮步兵啸，闻数百步。苏门山中，忽有真人，樵伐者咸共传说。阮籍往观，见其人拥膝岩侧。籍登岭就之，箕踞相对。籍商略终古，上陈黄、农玄寂之道，下考三代盛德之美，以问之，仡然不应。复叙有为之教栖神导气之术，以观之，彼犹如前，凝瞩不转。籍因对之长啸。良久，乃笑曰："可更作。"籍复啸。意尽，退，还半岭许，闻上㗳然有声，如数部鼓吹，林谷传响。顾看，乃向人啸也。

贤媛第十九

◎ 赵母嫁女，女临去，敕之曰"慎勿为好！"女曰："不为好，可为恶邪？"母曰："好尚不可为，其况恶乎？"

◎ 许允妇，是阮卫尉女，德如妹，奇丑。交礼竟，允无复入理，家人深以为忧。会允有客至，妇令婢视之，还，答曰："是桓郎。"桓郎者，桓范也。妇云："无忧，桓必劝入。"桓果语许云："阮家既嫁丑女与卿，故当有意，卿宜察之。"许便回入内，既见妇，即欲出。妇料其此出无复入理，便捉裾停之。许因谓曰："妇有四德，卿有其几？"妇曰："新妇所乏唯容尔。然士有百行，君有几？"许云："皆备。"妇曰："夫百行以德为首，君好色不好德，何谓皆备？"允有惭色，遂相敬重。

◎ 山公与嵇、阮一面，契若金兰。山妻韩氏觉公与二人异于常交，问公，公曰："我当年可以为友者，唯此二生耳！"妻曰："负羁之妻，亦亲观狐、赵，意欲窥之，可乎？"他日，二人来，妻劝公止之宿，具酒肉，夜穿墉以视之，达旦忘反。公入曰："二人何如？"妻曰："君才致殊不如，正当以识度相友耳。"公曰："伊辈亦常以我度为胜。"

◎ 陶公少有大志，家酷贫，与母湛氏同居。同郡范逵素知名，举孝廉，投侃宿。于时冰雪积日，侃室如悬磬，而逵马仆甚多。侃母语侃曰："汝但出外留客，吾自为计。"湛头发委地，下为二髲，卖得数斛米，斫诸屋柱，悉割半为薪，剉诸荐以为马草，日夕，遂设精食，从者皆无所乏。逵既叹其才辩，又深愧其厚意。明旦去，侃追送不已，且百里许。逵曰："路已远，君宜还。"侃犹不返。逵曰："卿可去矣。至洛阳，当相为美谈。"侃乃返。逵及洛，遂称之然羊晫、顾荣诸人，大获美誉。

◎ 桓车骑不好着新衣，浴后，妇故送新衣与。车骑大怒，催使持去。妇更持还，传语云："衣不经新，何由而故？"桓公大笑，着之。

术解第二十

◎ 荀勖善解音声，时论谓之"暗解"。遂调律吕，正雅乐。

每至正会，殿庭作乐，自调宫商，无不谐韵。阮咸妙赏，时谓"神解"。每公会作乐，而心谓之不调。既无一言直勖，意忌之，遂出阮为始平太守。后有一田父耕于野，得周时玉尺，便是天下正尺。荀试以校己所治钟鼓、金石、丝竹，皆觉短一黍。于是伏阮神识。

◎ 晋明帝解占冢宅，闻郭璞为人葬，帝微服往看，因问主人："何以葬龙角？此法当灭族！"主人曰："郭云'此葬龙耳，不出三年，当致天子'。"帝问："为是出天子邪？"答曰："非出天子，能致天子问耳。"

巧艺第二十一

◎ 陵云台楼观极精巧，先称平众木轻重，然后造构，乃无锱铢相负揭。台虽高峻，常随风摇动，而终无倾倒之理。魏明帝登台，惧其势危，别以大材扶持之，楼即颓坏。论者谓轻重力偏故也。

◎ 钟会是荀济北从舅，二人情好不协。荀有宝剑，可直百万，常在母钟太夫人许。会善书，学荀手迹，作书与母取剑，仍窃去不还。荀勖知是钟，而无由得也，思所以报之。后钟兄弟以千万起一宅，始成，甚精丽，未得移住。荀善画，乃潜往画钟门堂，作太傅形象，衣冠状貌如平生。二钟入门，便大感动，宅遂空废。

◎ 顾长康画裴叔则，颊上益三毛。人问其故，顾曰："裴楷俊朗有识具，正此是其识具。"看画者寻之，定觉益三毛如有神明，殊胜未安时。

◎ 顾长康好写起人形，欲图殷荆州，殷曰："我形恶，不烦耳。"顾曰："明府正为眼尔。但明点童子，飞白拂其上，使如轻云之蔽日。"

◎ 顾长康画谢幼舆在岩石里。人问其所以，顾曰："谢云'一丘一壑，自谓过之。'此子宜置丘壑中。"

◎ 顾长康画人，或数年不点目精。人问其故，顾曰："四体妍蚩，本无关于妙处，传神写照，正在阿堵中。"

任诞第二十三

◎ 刘伶病酒，渴甚，从妇求酒，妇捐酒毁器，涕泣谏曰："君饮太过，非摄生之道，必宜断之！"伶曰："甚善。我不能自禁，唯当祝鬼神自誓断之耳，便可具酒肉。"妇曰："敬闻命。"供酒肉于神前，请伶祝誓。伶跪而祝曰："天生刘伶，以酒为名。一饮一斛，五斗解酲。妇人之言，慎不可听。"便引酒进肉，隗然已醉矣。

◎ 刘公荣与人饮酒，杂秽非类。人或讥之，答曰："胜公荣者，不可不与饮；不如公荣者，亦不可不与饮；是公荣辈者，又不可不与饮。"故终日共饮而醉。

◎ 刘伶常纵酒放达，或脱衣裸形在屋中，人见讥之。伶曰："我以天地为栋宇，屋室为裈衣，诸君何为入我裈中？"

◎ 阮步兵丧母，裴令公往吊之。阮方醉，散发坐床，箕踞不哭。裴至，下席于地，吊唁毕，便去。或问裴："凡吊，主人哭，客乃为礼。阮既不哭，君何为哭？"裴曰："阮方外之人，故不崇礼制。我辈俗中人，故以仪轨自居。"时人叹为两得其中。

◎ 阮仲容先幸姑家鲜卑婢。及居母丧，姑当远移，初云当留婢，既发，定将去。仲容借客驴，着重服自追之，累骑而返，曰："人种不可失！"即遥集之母也。

◎ 有人讥周仆射："与亲友言戏，秽杂无检节。"周曰："吾若万里长江，何能不千里一曲？"

◎ 王子猷出都，尚在渚下。旧闻桓子野善吹笛，而不相识。遇桓于岸上过，王在船中，客有识之者云："是桓子野。"王便令人与相闻，云："闻君善吹笛，试为我一奏。"桓时已贵显，素闻王名，即便回下车，踞胡床，为作三调。弄毕，便上车去。客主不交一言。

◎ 王孝伯问王大："阮籍何如司马相如？"王大曰："阮籍胸中垒块，故须酒浇之。"

◎ 王佛大叹言："三日不饮酒，觉形神不复相亲。"

◎ 王孝伯言："名士不必须奇才，但使常得无事，痛饮酒，熟读离骚，便可称名士。"

简傲第二十四

◎ 钟士季精有才理，先不识嵇康，钟要于时贤俊之士，俱往寻康。康方大树下锻，向子期为佐鼓排。康扬槌不辍，傍若无人，移时不交以言。钟起去，康曰："何所闻而来？何所见而去？"钟曰："闻所闻而来，见所见而去。"

排调第二十五

◎ 郝隆为桓公南蛮参军。三月三日会，作诗。不能者，罚酒三升。隆初以不能受罚，既饮，揽笔便作一句云："娵隅跃清池。"桓问："娵隅是何物？"答曰："蛮名鱼为娵隅。"桓公曰："作诗何以作蛮语？"隆曰："千里投公，始得蛮府参军；哪得不作蛮语也！"

◎ 桓南郡与殷荆州语次，因共作了语。顾恺之曰："火烧平原无遗燎。"桓曰："白布缠棺树旒旐。"殷曰："投鱼深渊放飞鸟。"次作危语。桓曰："矛头淅米剑头炊。"殷曰："百岁老翁攀枯枝。"顾曰："井上辘轳卧婴儿。"殷有一参军在坐，云："盲人骑瞎马，夜半临深池。"殷曰："咄咄逼人！"仲堪眇一目故也。

轻诋第二十六

◎ 孙绰作列仙商丘子赞曰："所牧何物？殆非真猪。倘遇风云，为我龙摅。"时人多以为能。王蓝田语人云："近见孙家儿作文，道'何物、真猪'也。"

◎ 支道林入东，见王子猷兄弟，还，人问："见诸王何如？"答曰："见一群白颈乌，但闻唤哑哑声。"

假谲第二十七

◎ 魏武少时，尝与袁绍好为游侠。观人新婚，因潜入主人园中，夜叫呼云："有偷儿贼！"青庐中人皆出观，魏武乃入，抽刃劫新妇。与绍还出，失道坠枳棘中，绍不能得动，复大叫云："偷儿在此！"绍遑迫自掷出，遂以俱免。

◎ 王大将军既为逆，顿军姑孰。晋明帝以英武之才，犹相猜惮，乃着戎服，骑巴賨马，赍一金马鞭，阴察军形势。未至十余里，有一客姥，居店卖食，帝过憩之，谓姥曰："王敦举兵图逆，猜害忠良，朝廷骇惧，社稷是忧，故勉劳晨夕，用相觇察。恐形迹危露，或致狼狈。追迫之日，姥其匿之。"便与客姥马鞭而去，行敦营匝而出。军士觉，曰：

"此非常人也！"敦卧心动，曰："此必黄须鲜卑奴来！"命骑追之，已觉多许里，追士因问向姥："不见一黄须人骑马度此邪？"姥曰："去已久矣，不可复及。"于是骑人息意而反。

汰侈三十

◎ 石崇每要客燕集，常令美人行酒，客饮酒不尽者，使黄门交斩美人。王丞相与大将军尝共诣崇，丞相素不能饮，辄自勉强，至于沉醉。每至大将军，固不饮以观其变。已斩三人，颜色如故，尚不肯饮。丞相让之，大将军曰："自杀伊家人，何预卿事！"

◎ 石崇厕，常有十余婢侍列，皆丽服藻饰，置甲煎粉、沉香汁之属，无不毕备。又与新衣着令出，客多羞不能如厕。王大将军往，脱故衣，着新衣，神色傲然。群婢相谓曰："此客必能作贼！"